달을 따는 아이

달을 따는 아이

국립중앙도서관 출판시도서목록(CIP)

달을 따는 이야기 / 마에바 푸파르 지음 ; 송의경 옮김 ; 우유각소녀 그림. — 파주 : 문학동네, 2004
p. : 삽도 ;   cm
원서명: Histoires à décrocher la lune
원저자명: Poupard, Maëva
ISBN 89-8281-904-5 03860 : ₩9800
863-KDC4
843.92-DDC21   CIP2004002012

달을 따는 이야기

마에바 푸파르 소설 | 송의경 옮김

문학동네

아나이스에게

그녀는 우리를 느낌을 가진 존재로,

　　진짜 니 자신으로 만들어주었지.

U2, 〈그녀 발밑의 땅〉

동화란 믿기 어려운 이야기지요.

하지만 이 세상에 아이와 엄마와 할머니가 있는 한,

동화는 기억될 것입니다.

샤를 페로, 『당나귀 가죽』

차례

디미트리와 동화

옛날 눈 덮인 계곡의 골짜기에 파란 집이 한 채 있었다. 그 집에는 디미트리라는 아이와 눈 할아버지가 살고 있었다. 저녁이 되면 이 차가운 집 안에서는 별난 일이 일어났다. 성에로 된 작은 개는 눈송이 양탄자 위에서 동그랗게 몸을 말았고, 얼음으로 된 작은 고양이는 타닥타닥 나직한 소리를 내며 타고 있는 벽난로의 얼음 불길 옆에서 가르릉거렸다. 금발에 고요하고 큰 눈을 가진 얌전한 일곱 살 소년 디미트리는 파란 잠옷을 입고 얼음 침대에 누웠다. 그런 다음 얼음 조각으로 속을 채운 이불을 꽁꽁 언 코밑까지 끌어올린 다음 기다렸다. 그러면 눈 할아버지는 언제나 똑같은 자리, 눈이 소복이 쌓인 안락의자에 앉아서, 언제나 똑같은 동작으로 수정 같은 얼음 알갱이들이 달라붙은 흰 딕수염을 쓸어내리면서, 똑같은 동화책을 펼쳐 똑같은 이야기를 단

조롭게 읽어내려갔다. 한 단어를 발음할 때마다 할아버지의 튼 입술 사이에서는 낡은 증기기관차의 연통에서처럼 하얀 김이 자욱이 피어올랐다. 추위로 곱은 손가락들도 언제나 똑같은 리듬으로 책장을 넘겼다. 디미트리는 늘 이야기가 끝나기도 전에 잠이 들었다. 웅얼웅얼 책을 읽어내려가는 눈 할아버지의 목소리에 처음에는 살며시 눈꺼풀을 비볐고, 비비는 손길이 차츰 뜨막해지는가 싶다가, 마침내 하품을 하고 나면 막무가내로 눈이 감겨버렸다. 그러면 눈 할아버지는 책 읽기를 멈추고 잠을 자러 가곤 했다.

디미트리가 눈 할아버지의 이야기에 열심히 귀를 기울이지 않게 된 지도 퍽 오래되었다. 그런데도 매일 저녁만 되면 어김없이 똑같은 일이 벌어졌다.

왜 그랬을까? 눈 덮인 계곡의 골짜기에 있는 파란 집 안에서는 도대체 무슨 일이 일어나는 것일까? 나 역시 여러분에게 설명해줄 수가 없다. 디미트리나 눈 할아버지도 그것에 대해서는 전혀 아는 바가 없었으니까.

그러던 어느 저녁이었다. 여느 때와는 다른 일이 일어났다. 눈 할아버지가 동화책을 펼치자, 놀라워라! 펼친 책장이 글자 한 자 없이 온통 새하얀 것이었다. 눈 할아버지는 영문을 몰라 이리저리 책장을 넘기다가 빨간 모자를 쓴 소녀와 늑대 그림을 보았다. 소녀와 늑대는 나무 밑에 누워 졸고 있었다.

"어이, 거기 너희 둘, 도대체 어쩌자는 거야? 당장 일을 시작해!"

어린 소녀는 한쪽 눈만 뜨고 대꾸했다.

"싫어요."

눈 할아버지는 자신의 귀를 의심하지 않을 수 없었다.

"뭐라고, 싫어?"

잠에서 완전히 깨어난 소녀는 날렵하게 몸을 일으키더니, 제 모자 빛깔처럼 새빨개진 얼굴로 화를 내면서 이렇게 말하는 것이었다.

"뱃속에서 마늘 냄새가 지독하게 나는 늑대한테 일 년에도 백번씩 잡아먹히는 게 재미있다고 생각하세요?"

"흥, 그렇게 말하는 넌 네가 꽤나 맛있는 줄 아는 모양이지?"

늑대가 끼어들었다.

"음, 그건 말야. 좋아……"

소녀가 다시 말을 시작했다.

눈 할아버지는 너무나 무서워서 책을 덮어버리고 말았다. 그러는 동안 디미트리는 얼음 침대에서 곤히 잠들었다. 할아버지는 용기를 내어 다시 한번 조심스럽게 책을 펼쳐보았다. 이번에는 잠자는 숲속의 공주 그림이 나왔다. 그녀는 침대 발치에 앉아 찻잔에 담긴 뭔가를 마시고 있었다.

"아니, 이럴 수가…… 정말 큰일이야."

할아버지가 중얼거렸다.

"뭐가요?"

공주가 물었다.

"저는 자는 게 정말 지겨워요. 침대보 주름에 눌려서 뺨에 자국까지 났단 말이에요."

"뭘 마시는 거냐?"

"커피요."

눈 할아버지는 참으로 어이가 없었다. 그래서 탁 소리나게 책을 덮어서 방 저편으로 내던져버렸다. 그러자 이상한 일이 벌어졌다. 책이 항의라도 하는 듯 방을 가로질러 공처럼 튀어오르기 시작했고, 책장 사이로는 검은 연기가 새어나왔다. 그러다가 책은 공중에서 갑자기 딱 멈추었고, 그 다음엔 책장이 저절로 펼쳐지더니 커다란 빛줄기가 뻗어나와 눈 할아버지를 빨아들여 책 안으로 데려갔다. 그리고 책은 다시 닫히면서 바닥으로 떨어졌고, 마침내 흡족한 듯 자욱한 검은 연기를 뿜어냈다.

바로 그때 디미트리는 잠에서 깨어났다. 디미트리는 기침을 하고 침을 뱉었다. 매캐한 냄새가 방 안 가득 퍼져 있었기 때문이었다.

디미트리는 할아버지를 찾았다.

"무슨 일이지? 할아버지, 할아버지 여기 계세요?"

“없어.”

낯선 목소리가 대답했다.

디미트리는 침대에서 벌떡 몸을 일으켰다.

“누구세요?”

“헤이, 바나나!”

목소리는 눈 할아버지의 동화책에서 들려오는 것 같았다. 디미트리는 앞으로 몸을 굽혀 책을 들여다보았다. 펼쳐진 책장에는 곱슬곱슬한 금발의 어린 소녀가 그려져 있었는데, 그 아이가 디미트리를 뚫어져라 쳐다보고 있는 게 아닌가. 이윽고 소녀는 살아서 움직이기 시작하더니 금빛 눈썹을 찌푸리면서 말했다.

“뭐야, 그렇게 눈을 동그랗게 뜨고 날 쳐다보다니, 내가 콧수염 난 낙지라도 된단 말이니?”

“넌 황금 곱슬이*?”

디미트리가 믿을 수 없다는 듯한 목소리로 말했다.

“그러고 보니 제법 똑똑한데!”

소녀가 탄성을 질렀다.

디미트리는 무슨 말을 해야 할지 알 수 없었다. 그래서 재빨리 물었다.

“할아버지는 어디 계셔?”

“푸하하, 떠나셨지.”

---

* 영국 민화 『금발 소녀와 곰 세 마리』의 주인공.

“어디로?”

“여기로.”

“여기 어디?”

“책 속으로, 이 멍청아!”

바로 그때 커다란 빛줄기가 디미트리의 몸을 빨아들이더니 책 안으로 데리고 들어갔다.

디미트리가 다시 눈을 떴을 때, 어색할 정도로 선명한 파란 하늘이 올려다보였다. 황금 곱슬이가 몸을 굽혀 디미트리를 내려다보았다. 황금 곱슬이의 보드라운 곱슬머리가 디미트리의 두 뺨을 어루만지듯 스쳤다.

“일어나!”

황금 곱슬이가 큰 소리로 말했다.

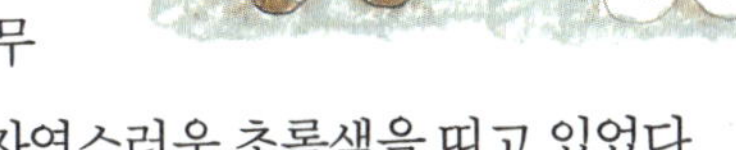

그러고는 디미트리가 일어나는 것을 도와주었다. 디미트리는 주변을 눌러보았다. 주변엔 온통 나무뿐이었다. 나무들도 하늘처럼 부자연스러운 초록색을 띠고 있었다.

“여기가 어디니?”

디미트리가 물었다.

황금 곱슬이는 한숨을 내쉬었다.

“넌 지금 진짜 세상에 있는 게 아니야. 내가 방금 너한테 설명했잖아.”

"책 안에 있는 거라고?"

"그래."

"그렇다면 누가 날 이리로 데려온 거니?"

"내가."

"네가? 도대체 왜?"

"너 할아버지를 찾고 싶은 거 아니었니? 어쨌든 넌 날 도와줘야 해. 이곳에서 벌어진 난장판을 모두 수습할 수 있도록 말이야. 자, 따라와."

황금 곱슬이는 단호한 걸음으로 좁은 오솔길을 걸어가기 시작했다. 디미트리는 처음에는 놀라서 주춤거렸지만, 이내 뛰어서 황금 곱슬이를 따라잡았다.

"기다려!"

디미트리는 황금 곱슬이와 함께 걸으면서 물어보았다.

"할아버지가 뭘 어쨌는데?"

"걷기나 해."

"할아버지가 뭘 어쨌냐니까?"

"줄곧 똑같은 이야기를 똑같은 사람에게 되풀이하는 바람에 동화 속 인물들이 지겨워서 일을 못 하게 만들었지."

"그래서?"

"그래서라니?"

화가 난 황금 곱슬이는 그 자리에 멈춰 섰다.

"너, 나한테 그런 식으로 말할 수 있어? 매일 똑같은 이야기를 되풀이하더라도 열심히 들어줄 새로운 아이들을 찾아서 한다면, 동화 속 주인공들은 일을 하면서도 행복할 테고, 그렇게 되면 동화 나라는 잘 돌아갈 수 있을 거야. 하지만 똑같은 이야기를 잘 듣지도 않는(이 말을 듣자 디미트리는 얼굴이 빨개졌다) 똑같은 아이에게 계속 되풀이한다고 생각해봐. 주인공들은 일해봐야 아무 소용이 없다는 걸 아니까 지루해서 죽을 지경이 될 테지! 그렇게 되면 동화 나라의 아슬아슬한 일상은 무너져버린다구."

"그럼 내가 여기서 뭘 해야 하는데?"

"아까 말했잖아. 날 도와서 이 난장판을 수습해야 한나고."

"하지만⋯⋯"

"쉿! 이제 거의 다 왔어."

황금 곱슬이는 풀숲에 납작 엎드리더니, 디미트리에게도 엎드리라고 손짓했다. 디미트리가 풀숲 너머로 본 것은 도저히 이해할 수 없는 장면이었다. 기사와 용 한 마리가 숲속 빈터의 초록색 풀밭 한가운데에 테이블을 놓고 마주 앉아 있었다. 기사는 머리에 공작새 깃털이 꽂힌 투구를 쓴 채 나무 그루터기에 앉아 있었는데, 한낮의 뜨거운 햇빛을 받아 갑옷이 번쩍거렸고 옆구리에는 보석 박힌 검이 매달려 있었다. 테이블 맞은편에는 최소한 9미터는 될 것 같은 커다란 용이 자기 꼬리를 깔고 앉아 있었다. 루비처럼 빨간 세모꼴 머리 양쪽으로 상아처럼 흰 커다란 뿔이 하나씩 솟아 있었고, 오팔처럼 오색영롱한 두 눈 옆에는 그보다 조금 작은 황금색 뿔 두 개가 더 있었다. 용의 몸뚱이는 금빛 테가 둘린 반짝이는 청록색 비늘루 덮여 있었디. 몸뚱이 옆으로

길게 구부려져 있는 커다란 꼬리는 먹이를 소화시키는 왕뱀처럼 이따금 살아나 꿈틀거렸다. 꼬리가 치켜올라갔다가 다시 땅으로 쿵 떨어질 때마다 작은 지진이 난 것 같았다. 그러나 뭐니뭐니해도 희한한 일은 용이 비늘로 뒤덮인 입술 사이에 뭔가를 물고 있다는 것이었다. 신기하게도 그것은 여송연이었다. 길이가 50센티미터쯤 되어 보이고 굵기는 주먹만 했다. 용은 푸르스름한 연기로 공중에 동그라미를 만들면서 담배를 피우고 있었다. 기사와 용은 각자 손에 쥐고 있는 것에 완전히

정신이 팔려 골똘히 생각에 잠겨 있는 듯 보였다. 갑자기 용이 작은 테이블 쪽으로 돌비늘 같은 검은 발톱이 달린 오른발을 내밀었다. 디미트리는 용이 기사를 으깨서 죽이려나 보다고 생각했다. 하지만 용은 내민 오른발로 작은 진홍색 종잇조각을 정확히 집더니, 왼발에 잔뜩 쥐고 있던 같은 색의 다른 종잇조각들과 합치는 것이었다. 용은 잠시 종잇조각들을 뚫어지게 쳐다보면서 한숨을 내쉬었고, 그 바람에 콧구멍에서 초록색과 노란색 불길들이 뿜어져나왔다. 디미트리는 그제야 깨달았다. 믿을 수 없는 일이었지만, 용과 기사는 카드놀이를 하고 있는 것이었다. 황금 곱슬이가 못마땅한 표정으로 곱슬머리를 살래살래 흔들었다. 황금 곱슬이는 나지막이 중얼거렸다.

"이래선 안 돼, 이 게으름뱅이들."

황금 곱슬이는 벌떡 일어서서 주먹을 불끈 쥐고 고개를 꼿꼿이 치켜든 채 단호하게 풀숲에서 뛰어나갔다. 이윽고 숲속 빈터 한가운데 다다른 황금 곱슬이는 그들을 향해 소리를 질렀다.

"이봐, 너희들! 일하러 가, 지금 당장!"

기사와 용은 너무 놀란 얼굴로 부지연스런 초록색을 띤 풀밭 한가운데에 서 있는 금발 소녀를 쳐다보았다. 그들은 붉게 상기된 소녀를 멍하니 바라보다가 이내 웃음을 터뜨렸다. 갑옷 위에 걸친 기사의 그물옷도 짤기닥짤기닥 소리를 내면서 웃어댔다.

"오오오오오오, 이것 좀 보세요."

용은 입을 가슴에 처박고 가성으로 소리를 질러댔다.

"우리에게 이래라저래라 하는 조그만 생쥐 새끼손가락만 한 금빌

아가씨! 누가 네 막대사탕을 훔쳐갔어? 자, 아가야, 이쁜이는 돌아가서 인형놀이나 하거라. 그리고 어른들끼리 있게 해주려무나."

디미트리는 용이 말을 하다가 여송연을 삼켜버릴 것만 같아 조바심이 났다.

하지만 용은 소녀를 향해 자욱한 연기를 훅 하고 내뿜는 것이었다. 디미트리는 얼른 달려가서 화가 치밀어오른 황금 곱슬이를 편들어주고 황금 곱슬이의 감정이 폭발하지 않게 막아줘야겠다고 생각했다. 머리끝까지 화가 난 황금 곱슬이는 온몸을 부들부들 떨고 있었다. 곱슬곱슬한 머리카락은 와들와들 떨렸고, 작은 주먹은 어찌나 꽉 움켜쥐었던지 보라색으로 변한데다가, 두 눈은 금방이라도 튀어나올 것만 같았다.

디미트리는 용과 기사가 터뜨리는 걸쭉한 웃음 사이에 끼어들어 그럭저럭 황금 곱슬이를 두둔해주었다.

"애 말이 옳아요! 당신들이 제 역할에 충실하지 않는다면, 당신네 세계는 무너질 테고, 그렇게 되면 당신들도 더이상 존재할 수 없어요. 그리고 애한테 그런 식으로 말하지 마세요."

디미트리의 말을 듣고 있던 기사가 어찌나 심하게 웃어댔던지 갑옷의 조각들이 서로 마구 부딪쳤다. 그 소리는 지옥의 교향악단이 연주하는 것이라고 할 만큼 엄청나게 시끄러웠다. 갑자기 기사의 투구가 열리면서 우물 밑바닥에서 올라오는 것처럼 장중한 목소리가 흘러나왔다.

"후후후, 조그만 생쥐 새끼손가락만 한 녀석이 제 누이동생을 데려왔군. 이 봐, 별볼일 없는 꼬마야, 넌 대체 네가 뭐라도 된다고 생각하는 거냐? 우리는 이야기가 되풀이될 때마다 애쓰는 게 지겹단 말이다. 그래서 보비와 난 포커나 하기로 결정을 봤지. 이렇게 좋은 친구들끼리 어울려서 말이야. 만일 이 빌어먹을 놈의 세상이 무너져야 한다면, 무너질 때까지만이라도 계속 해야지. 안 그래, 봅?"

용의 이름이 봅인 모양이었다.

"맞는 말이야."

봅이 한숨을 내쉰 뒤 시니온 눈초리로 자신의 패를 노려보면서 말했다. 디미트리는 자신의 귀를 도저히 믿을 수가 없었다.

"이거 정말 봐줄 수가 없군요."

디미트리는 항의하기 시작했다.

"입 다물어!"

황금 곱슬이가 디미트리의 말을 끊었다.

그사이 주먹도 펴졌고 마음도 가라앉은 듯 보였지만, 황금 곱슬이의 얼굴엔 냉정하고 뭔가 계산하는 듯한 표정이 감돌았다. 디미트리가 별로 좋아하지 않는 표정이었다. 차라리 발을 동동 구르면서 감정을 폭발시키는 편이 더 나을 것 같았다.

"친구끼리 하는 포커라, 이 말이지?"

황금 곱슬이는 쥬얼거렸다.

그러고는 표정을 완전히 바꿔 귀엽기 그지없는 순진한 여자아이의 표정을 지었다. 황금 곱슬이는 기사 옆으로 다가가 그의 어깨 너머로 몸을 굽혔다.

"지금 당신들이 하는 게 포커 게임 맞죠?"

황금 곱슬이는 바보스러울 만큼 천진난만하게 물었다.

"흠흠."

기사는 곱슬이에게 그다지 신경을 쓰지 않는 것 같았다.

"나도 게임 규칙을 잘 알아요. 아빠 곰이 가르쳐주었거든요."

황금 곱슬이가 큰 소리로 말했다.

그런 다음 황금 곱슬이는 주의 깊게 기사의 패를 바라보더니, 경멸하듯 얼굴을 찡그리는 것이었다. "패가 형편없잖아!" 하고 말하는 듯했다. 용은 이 모습을 놓치지 않고 기사에게 소리를 지르며 일어나더니 즉시 판을 뒤집어엎어버렸다.

"그럴 줄 알았어! 넌 처음부터 패가 좋은 척 속임수를 쓴 거야!"

"그렇지 않아. 왜 느닷없이 화를 내고 그래?"

깜짝 놀란 기사가 대꾸했다.

"왜 화를 내는지 내가 보여드리지."

용은 버럭 고함을 지르고 방랑 기사의 투구를 벌리더니, 커다란 손가락으로 여송연을 집어 갑옷 속으로 던져넣었다. 갑옷에서 시커먼 연기가 새어나왔다. 기사는 울부짖으면서 쏜살같이 달리기 시작했고, 늪이 나타나자 그리로 뛰어들었다. 잠시 후 기사가 늪에서 나왔을 때, 그에게서 거만한 모습이라곤 조금도 찾아볼 수 없었다. 투구에 꽂혀 있던 공작 깃털은 간신히 매달려 처량하게 대롱거리고 있었고, 갑옷엔 진흙이 잔뜩 묻어 있었다.

"한번 붙어볼래?"

기사는 칼을 뽑아들면서 용을 향해 소리를 질렀다.

"좋지!"

용은 두 주먹을 앞으로 내밀면서 대꾸했다.

"이제 가자. 여기서 얼쩡거리면 안 돼. 싸움이 더 심해질 테니까."

황금 곱슬이는 디미트리를 잡아끌면서 말했다. 얼굴 가득 미소를 지으면서.

"왜 그래?"

얼마쯤 가다가 황금 곱슬이는 디미트리가 자신을 이상하게 쳐다보는 것을 느끼고 큰 수리로 물었다.

디미트리는 눈을 내리깔며 대답했다.

"아무것도 아니야."

"뭐가 문제인지 말해봐."

황금 곱슬이는 명령조로 말했다.

디미트리는 잠시 소녀를 바라보더니 결심이 선 듯 말을 꺼냈다.

"보비와 그 기사 말인데, 저……"

"그 두 바보 말이니?"

"응, 그렇게 부르고 싶다면 그래도 좋겠지. 하지만 네가 그들에게 한 짓은 좀 심한 게 아닐까?"

"그들에게 한 짓? 그들 인생을 구제해준 거 말이니? 그래, 난 그럴 필요가 있었다고 생각해."

"아니, 그런 말이 아니야. 둘은 무척 친해 보였어 그 둘이 서로 씨

위야만 하는 이유가 뭐지? 포커를 그렇게 좋아한다면, 함께 포커 게임을 하는 것이 그들의 역할이 되면 안 되는 걸까?"

황금 곱슬이는 한숨을 쉬었다.

"디미트리, 동화의 규칙은 그보다 훨씬 단순하고 부당해. 주인공들은 새로운 역할이 주어질 때까지 맡은 역할을 계속 하게 돼 있어. 그냥 그런 거야. 어쩔 수가 없는 거지. 기사의 역할은 새로운 명령이 내려질 때까지 용, 아니 참 보비와 싸우는 거야. 모든 게 제자리에 있어야 한다는 그 점이 중요해. 그래야 새로운 이야기를 받아들일 수 있거든. 알겠니?"

"알아. 하지만 난 찬성하지 않아."

"네가 찬성하든 말든 상관없어. 결정은 이야기하는 사람한테 달려 있으니까."

"그럼 너는?"

한동안 잠자코 있던 디미트리가 물었다.

"전에는 네게도 뭔가 역할이 있었던 거 아니니? 넌 그 역할을 하는 것 같지 않던데……"

"나…… 나에겐 말야…… 어떤…… 다른 역할이 맡겨졌어."

곱슬이는 마지막 말을 단숨에 뱉어내더니, 얼굴을 붉히고 걸음을 재촉했다. 곱슬이가 그렇게 쩔쩔매는 모습은 처음이었다. 디미트리는 어쩌면 마지막이 될지도 모를 이 장면을 머릿속 깊이 새겨두리라 다짐했다.

"여기가 어디니?"

디미트리는 어두운 계단을 올라가며 물었다.

"잠자는 숲속의 공주가 사는 성이야. 우린 공주의 방으로 가는 중이고."

"저것 좀 봐, 불빛이야!"

과연 계단 꼭대기의 문 틈새로 가느다란 불빛이 새어나오고 있었다. 육중한 흑단문을 가까스로 밀어젖히자, 산더미처럼 쌓인 이 빠진 커피잔들이 디미트리와 황금 곱슬이를 맞았다.

"이 난장판은 대체 뭐야?"

황금 곱슬이가 소리를 질렀다.

난장판의 한가운데서 공주를 발견하자 곱슬이의 입은 그만 딱 벌어지고 말았다. 공주는 우두커니 서 있었다. 긴 금빛 머리칼이 마치 감전된 사람처럼 머리 위로 곤두서 있었고, 동그란 두 눈은 탁구공 같았으며, 입을 어찌나 꼭 다물고 있었던지 두 뺨은 일그러져 있었다.

디미트리도 곱슬이와 마찬가지로 어처구니가 없었다.

"저런, 잠자는 숲속의 공주 맞아?"

"오, 얘들아, 그만!"

공주가 부르짖었다.

"더 이상 신경질 돋우지 마라!"

"젠장, 무슨 짓을 한 거예요?"

황금 곱슬이가 퉁명스럽게 따져 물었다.

"끔찍하다는 건 알겠어요?"

"흥! 잠만 자는 건 정말이지 지긋지긋해. 그래서 커피를 좀 마셨어."

미녀가 변명했다.

"그리 해로운 건 아니야. 좀 진하게 마셨을 뿐이야."

황금 곱슬이가 눈살을 찌푸렸다.

"좋아, 내가 지나쳤어. 내 잘못이야, 후회한다구. 하지만 잠만 자면 뭐가 달라지니?"

"뭐가 달라지는지 내가 말해드리지, 이 정신나간 여자야!"

황금 곱슬이가 고함을 질렀다.

"당신 때문에 모두 사라지게 생겼다구! 그러니 어서 침대에 누워요. 당신이 곤히 잠들면 난 정말 기쁠 거예요."

공주는 마지못해 침대에 누웠다.

"잠이 안 올 거야."

공주가 투덜거렸다.

"군소리 말아요."

디미트리가 머뭇거리며 말을 꺼냈다.

"공주 말이 옳아."

"뭐라고?!"

황금 곱슬이가 고함을 질렀다.

"그렇게 소리지르지 마!"

디미트리도 똑같이 고함을 질렀다. 그러고는 자신의 배짱에 스스로 놀랐다.

곱슬이는 숨을 깊이 들이마시고는 약간 차분해진 목소리로 말을 이었다.

"좋아, 알았어. 어디 한번 설명해봐."

"그렇게 커피를 마셔댔는데 공주가 어떻게 잠이 들 수 있겠어."

"그러지 말고 두 사람이 나한테 이야기를 해주면 어떨까?"

공주가 제안했다.

두 아이는 공주 쪽으로 몸을 돌리면서 합창하듯 동시에 말했다.

"다시 말해봐요."

"그게 제일 좋은 방법이야. 아주아주 낡은 이야기를 해줘."

"좋은 생각이에요! 아주 멋져!"

황금 곱슬이는 감탄하는 듯한 말투로 빈정거렸다.

"그런데 나는 내 이야기만 알아요. 다른 이야기는 아무것도 할 줄 모른다구요."

"저…… 내가 할 수 있을 거예요."

공주와 황금 곱슬이가 놀라서 디미트리를 쳐다보았다.

"네가?"

두 사람이 동시에 물었다.

"그래요."

황금 곱슬이는 한숨을 쉬었다.

"좋아. 아무튼 선택의 여지가 없으니까. 디미트리, 너한테 기회를 줄게. 날 실망시키지 마."

디미트리는 눈 할아버지가 똑같은 이야기를 지루하게 반복하는 동안 얼음 조각으로 속을 채운 이불 밑자락에 몰래 감춰두었던 이야기들을 하기 시작했다. 신기한 이야기, 슬픈 이야기, 이상한 이야기, 참혹한 이야기, 디미트리의 마음속에서 일어났던 이야기, 모든 이야기를 다 했다. 물론 보비라는 이름의 용과 투구에 공작새 깃털을 꽂은 기사가 포커 게임을 하는 이야기도 빠뜨리지 않았다. 그들에게 새로운 역할을 주기 위해서였다. 디미트리는 이야기를 하고 또 했다. 목구멍이 "제발 그만 해" 하며 사정할 때까지, 혀가 입천장에 달라붙을 때까지. 이윽고 디미트리는 기진맥진해서 이야기를 멈추었다.

"그게 다야?"

공주가 물었다. 두 눈은 여전히 탁구공처럼 동그랗고 말똥말똥하게 뜬 채로.

"드르렁 드르렁."

어느새 잠이 든 디미트리는 코를 골고 있었다.

"자, 커피를 좀 마셔."

황금 곱슬이가 여태껏 한 번도 들어보지 못한 다정한 목소리로 디미트리에게 커피를 권했다.

디미트리가 커피의 쓴맛에 얼굴을 찌푸리자 황금 곱슬이는 낮은 웃음소리를 냈다. 그리고 이렇게 말했다.

"그렇게 많은 이야기를 할 줄 안다는 말은 하지 않았잖아."

디미트리는 커피 한 잔을 다 마신 후에 대답했다.

"언제 나한테 그럴 틈이나 줬니."

침대 속에서 공주가 항의하듯 말했다.

"남은 이야기가 더 있을 거야. 난 여전히 잠이 안 온다구."

"디미트리, 아마 네 이야기들이 너무 재미있었나봐. 네가 아는 가장 지루한 이야기를 해봐."

"가장 지루한 이야기?"

"그래. 시작해."

그래서 디미트리는 눈 덮인 계곡의 골짜기에 있는 파란 집에서, 얼음으로 된 작은 고양이 그리고 성에로 된 작은 개와 함께 살고 있는 어린 소년과 할아버지의 이야기를 했다. 그 계곡에서는 아무 일도 일어나지 않았다. 저녁이 되면 어린 소년은 잠자리에 들었고, 할아버지는 언제나 같은 자리에 앉아 같은 동작으로 턱수염을 쓸어내리면서 같은 동화책을 펼치고 언제나 같은 이야기…… 같은 이야기…… 같은 이야기를……

공주가 너무 심하게 코를 골았기 때문에 디미트리는 이야기를 계속할 수가 없었다. 황금 곱슬이마저 한쪽 구석에서 잠이 들어버렸다. 디미트리는 곱슬이를 깨웠다.

"아-아-아-아흠."

황금 곱슬이가 늘어지게 하품을 했다.

"네 이야기 정말 지루하더라. 누구 이야기니?"

황금 곱슬이의 말에 디미트리는 입가가 저절로 실룩거려지고, 눈에는 한가득 눈물이 고였다.

"그건 내 이야기야."

디미트리가 중얼거렸다. 그리고 나지막하게 흐느꼈다.

"나도 마음이 아파."

황금 곱슬이가 말했다. 황금 곱슬이는 아주 잠깐 동안 디미트리를 끌어안았다.

"자, 용기를 내. 우린 아직도 많은 주인공들을 바른 길로 인도해야 해. 그런 다음에야 눈 할아버지를 만날 수 있어. 가자, 가다보면 눈물도 마를 거야."

황금 곱슬이는 부드럽게 미소를 지어 위로하면서 덧붙여 말했다.

"걱정 마. 우리가 네 이야기를 여태까지 만들어진 어떤 이야기보다 더 많이 들려질 이야기로 만들 테니까."

"아직 멀었어?"

꽃이 만발한 오솔길에서 디미트리가 숨을 헐떡이며 물었다.

"이제 얼마 안 남았어."

황금 곱슬이가 대답했다.

"난 죽을 지경이야. 빨간 모자 소녀, 식인귀, 엄지 왕자, 백설공주와 일곱 난쟁이, 아, 일곱씩이나! 시시한 인물들은 생략하더라도, 정말이지 쉽지가 않아!"

"불평 좀 그만 해."

황금 곱슬이는 더욱 걸음을 재촉하면서 즐거운 어조로 말했다.

"자, 이제 다 왔어!"

오솔길이 끝나는 곳에 벽이 하얀 작은 초가집이 한 채 있었다. 집

앞에 노랑, 분홍, 파랑 꽃들이 무더기로 피어 있는, 동화에서나 볼 수 있는 예쁜 집이었다. 디미트리는 초가집의 나무 문을 밀었다. 그러자 놀랍게도 집 안에 눈 할아버지가 있는 게 아닌가. 할아버지는 하와이 언 셔츠에 반바지 차림으로 식탁에 앉아 꿀을 바른 토스트를 앞에 놓고 큰 유리잔에 담긴 우유를 마시는 중이었다. 수염에 온통 우유가 묻어 있었고, 얼굴은 햇볕에 까맣게 그을려 흰 수염, 흰 머리카락과 잘 어울리지 않았다.

할아버지는 문 앞에 서 있는 디미트리의 헝클 곱슬이를 보자, 쾌활한 모습으로 달려나와 아이들을 껴안고, 우유가 산뜩 묻은 수염을 볼에 대고 뽀뽀를 했다. 디미트리가 지금까지 한 번도 보지 못한 쾌활한 모습이었다.

“디미트리, 내 강아지야, 어디 갔었니?”

“할아버지가 저지른 실수를 저와 함께 수습
하느라 바빴어요.”

황금 곱슬이가 한쪽 볼에 묻은 우유를 손
으로 닦아내면서 말했다.

그러나 눈 할아버지는 그 말을 귀담아 듣는 것 같지 않았다. 그때
한 늙수그레한 부인이 방 안으로 들어왔다. 머리에는 꽃을 꽂았고, 작
고 파란 두 눈 가장자리에는 자글자글 주름이 잡혀 있었으며, 코는 들
창코, 두 볼은 사과처럼 둥글고 빨갰다. 웃으면 턱에 보조개가 패었다.

“디미트리, 이분은 봄 부인이시다. 우리는 곧 결혼할 거란다.”

눈 할아버지가 말했다. 할아버지는 부인에게 열정적으로 키스를
했다.

디미트리와 황금 곱슬이는 마주보며 얼굴을 찡그렸다.

"음, 할아버지."

디미트리가 말을 꺼냈다.

"정말 멋져요. 꿈같은 일이에요. 하지만…… 돌아갈 생각도 해야 하지 않겠어요? 안 그래요?"

"네 말이 옳구나!"

눈 할아버지가 맞장구를 쳤다.

"내가 너를 집으로 데려가마."

그리고 할아버지는 봄 부인을 "여보, 내 여왕마마"라고 불렀다. 봄 부인은 비둘기가 구구거리듯 정다운 목소리로 대꾸했다.

"적어도 내 짐은 꾸리게 해줘야지요, 이 분별 없는 양반아!"

"좋아, 됐어요. 모두 앞을 향해 출발!"

황금 곱슬이가 지시를 내리고는 디미트리를 잡아끌고 작은 집 밖으로 서둘러 나왔다.

일행은 꽃이 만발한 오솔길을 벗어나 숲속 깊은 곳으로 들어갔다. 황금 곱슬이가 풀밭 위에 무릎을 꿇고 앉아 손가락으로 땅속을 휘저었다.

"도대체 뭐 하는 거야?"

디미트리가 물었다.

"도와줘. 책 밖으로 나가려면 책을 가질여야 해."

"바보 같은 짓인 걸."

디미트리는 무릎을 꿇고 앉아 곱슬이를 따라 손가락으로 땅속을 휘저으며 한숨을 내쉬었다.

한편 집에서는 책이 다시 통통 튀어오르기 시작했다. 믿을 수 없는 일이지만 책은 웃기도 했다. 이윽고 책은 활짝 펼쳐졌고, 자욱한 연기와 함께 기진맥진한 디미트리와 황금 곱슬이를 뱉어냈다.

디미트리는 눈이 따끔거렸다. 연기 때문에 아무것도 보이지 않았다. 연기가 서서히 걷히자, 바닥에 무척이나 커다란 손 두 개가 보였다. 그것들은 커다란 두 팔에 연결되어 있었는데…… 그 팔은 바로 디미트리의 것이 아닌가!

"황금 곱슬아!"

디미트리가 소리쳤다.

"곱슬……"

하지만 더이상 목소리가 나오지 않았다. 디미트리의 앞에 맑고 큰 두 눈에 곱슬거리는 금발을 허리까지 치렁치렁 늘어뜨린 젊고 아름다운 아가씨가 서 있었기 때문이다. 아가씨는 디미트리를 다정하게 바라보았다.

"일어나."

아가씨가 말했다.

아가씨는 황금 곱슬이가 틀림없었다. 디미트리는 생각할 겨를도 없이 그 말에 따랐다. 일어나보니, 천장이 예전보다 훨씬 낮게 느껴졌다.

"무슨 일이 일어난 거지?"

디미트리는 어안이 벙벙해서 물었다.

"네가 어른이 된 거야."

황금 곱슬이가 명랑한 어조로 대답했다.

"어떻게?"

"다들 아는 대로지. 동화가 어른을 만드는 거야."

디미트리는 황금 곱슬이에게 다가가 곱슬곱슬하게 말린 머리칼 속으로 손가락을 넣어보았다. 황금 곱슬이는 미소를 지었다. 그들은 눈길만으로도 서로 이해할 수 있었다.

조금 있으니, 책이 눈 할아버지를 뱉어냈다. 할아버지는 여행가방 몇 개와 봄 부인과 함께 우아하게 나타났다.

"사람 살려! 숨막혀."

할아버지는 산더미 같은 가방들 밑에 깔려 비명을 질렀다.

봄 부인은 눈이 쌓여 있는 방 안을 딱하다는 듯이 바라보다가 소매를 걷어붙였다.

"좋아, 내가 할 일이 있구나."

봄 부인은 즉시 달려가 빗자루를 집어들고 방 안을 구석구석 청소하기 시작했다. 디미트리는 황금 곱슬이에게 눈짓으로 물었다. 황금 곱슬이는 여전히 미소를 머금은 채 조용히 고개를 끄덕였다.

기쁨에 겨운 디미트리는 모두 모인 자리에서, 약혼녀의 손을 잡고 선언했다.

"우린 결혼할 거예요!"

"확실히 멋진 꿈 같구나."

여전히 가방에 깔려 있던 눈 할아버지가 끙끙거리며 대꾸했다.

“그래도 우선은 여기서 나를 좀 꺼내주지 않으련? 부탁이다.”

눈으로 덮여 있던 계곡은 이제 눈이 내려 쌓이는 일이 없게 되었다. 대신 계곡에는 동화에서나 볼 수 있는 파랑, 노랑, 분홍 꽃들이 무더기로 피어났다. 토끼와 나비들이 그곳에서 안심하고 즐겁게 놀았다. 그런데 갑자기 자지러지는 울음소리가 유순한 짐승들의 평화를 뒤흔들어놓는 게 아닌가. 무시무시한 괴물일까? 천만에. 울음소리는 계곡의 파란 집에서 들려왔다.

황금 곱슬이가 아기를 디미트리에게 건네주며 말했다.

“당신 아들이 아빠한테 가겠대. 자, 아이를 좀 달래봐요. 나는 고무 젖꼭지를 찾으러 부엌에 갈 테니까.”

디미트리는 자신의 품속에서 꼼지락대면서 악을 쓰고 울어대는 조그만 아기를 바라보고는 겁이 나서 아내에게 물었다.

“아이를 어떻게 달래지?”

“이야기를 들려줘요.”

당황한 디미트리가 아내에게 뭔가 묻는 듯한 눈길을 보내자, 아내는 의미 있는 미소를 지으며 한쪽 눈을 찡긋하더니 이내 부엌으로 사라져버렸다.

자두나·1

그림 형제와 페로의 동화에서 착상을 얻어

자유롭게 지어낸 이야기

자두는 통 말을 듣지 않고 제멋대로 뻗치는 머리칼과 개암 같은 눈을 가진 착한 여자아이였다. 자두는 아주 작은 마을에 있는 할아버지 댁에서 살고 있었다. 어떤 마을이냐고? 이름을 말해봤자 헛일이다. 너무 작은 마을이라 여러분은 알지 못할 테니까. 그러니 다시 이야기로 돌아가자. 자두는 무척이나 호기심이 많아서 어디든 샅샅이 뒤지고 다녔다. 침대 밑이라든가 장롱 속, 헛간 같은 데를. 또한 무슨 일에나 참견을 하는 바람에 달갑지 않은 일을 당하곤 했다. 그러던 어느 날이었다. 우리의 어린 소녀는 머리를 빗다가(아니 '빗으려고 애를 쓰다가' 라고 말하는 편이 더 낫겠다. 자두의 머리칼은 엉킨 수세미 같아서 빗기가 정말 쉽지 않으니까. 정말이다), 깜짝 놀랄 만한 것을 발견했다. 그게 무엇이었나 하면…… 이 땅에서도 그리고 다른 어디서도 본

적이 없는 최고로 큰 이였다.

"우아! 두 원뿔이잖아."

아이가 소리를 질렀다.

"왕들의 이! 이들의 왕! 이봐, 잠
깐만 기다려."

아이는 엄지와 검지로 재빨리 놈을 집
었다. 그리고 무시무시한 상대를 찍! 하고
단번에 때려눕혔다.

아이는 수색을 계속했다. 그리고 또다시 깜짝 놀랄 만한 것을 발
견했는데, 그게 무엇이었나 하면…… 이 땅에서도 다른 어디서도 본
적이 없는, 세상에서 둘째로 큰 이였다.

"우아! 얼간이뿔이잖아."

아이가 소리를 질렀다.

"이들의 여왕이 몸소 나타나셨네! 이봐, 잠깐만 기다려, 곧 네 낭
군을 만나게 될 거야."

아이는 엄지와 검지로 재빨리 놈을 집었다. 그리고 거대한 과부를
찍! 하고 단번에 때려눕혔다.

계속해서 머리를 빗다가, 아이는 또다시 깜짝 놀랄 만한 것을 발
견했다. 그게 무엇이었나 하면…… 이 땅에서도 다른 어디서도 본 적
이 없는, 세상에서 셋째로 큰 이였다.

"우아! 순대뿔이잖아."

아이가 소리를 질렀다.

“이들의 왕자가 몸소 나타나셨네! 이 녀석, 곧 네 부모를 만나게
될 거다.”

아이는 엄지와 검지로 재빨리 놈을 집었다. 그리고 새끼 괴물을
찍! 하고 단번에 때려눕혔다.

흡족해진 아이는 기뻐서 춤을 추며 노래를 불렀다.

내가 그들의 왕을 죽였어.
내가 그들의 왕비를 죽였어.
내가 그들의 왕자를 죽였어.
찍! 찍!
흡혈귀들의 왕족을 모조리!
흡혈귀들의 왕족을 모조리!
내가 그들의 왕을 죽였어.
내가 그들의 왕비를 죽였어.
내가 그들의 왕자를 죽였어.
찍! 찍!

마침 그곳을 지나던 우편집배원이 이 노랫소리를 듣고 마을 곳곳
에, 심지어 마을 밖에까지 이 사실을 전했다. 소문을 들은 면장이 당장
아이의 집을 찾아왔다. 면장은 아이에게 물었다.

“그게 사실이냐, 꼬마야? 네가 흡혈귀들의 왕과 왕비를 죽였다는
이야기 말이다.”

자두는 이 세 마리 죽인 것을 사람들이 그토록 대단하게 여기리라고는 생각도 못 했기 때문에 조금 놀랐다. 하지만 '그래도 그 이들은 엄청나게 컸단 말야' 하고 혼잣말을 하고는 당당하게 대답했다.

"물론이죠, 면장님. 왕자까지 죽였는 걸요. 이 엄지와 검지로 말이에요."

아이는 그 가공할 만한 무기를 자랑스럽게 보여주기까지 했다.

면장은 두려움과 존경심이 섞인 눈길로 아이의 손톱을 훔쳐본 다음 이렇게 선언하는 것이었다.

"좋다, 꼬마야. 너는 우리가 블러드 헤모글로빈 백작을 물리치는데 꼭 필요한 사람이로구나."

"블러드 누구요? 블러드 뭐요?"

"블러드 헤-모-글-로-빈-이란다, 꼬마야. 수세기 전부터 이 지역 사람들을 공포에 떨게 하는 무서운 흡혈귀지. 한데 너는 이미 흡혈귀들의 왕과 왕비를 죽였으니까 헤모글로빈도 물리칠 수 있겠지?"

"좋아요. 하지만 할아버지께 여쭤봐야 해요."

"무섭지 않니?"

"흥, 그까짓 걸 뭘요. 할아버지만 찬성하시면 돼요."

"좋다, 이 문제에 관해선 내가 여쭈어보마."

하지만 이걸 어쩌나, 자두의 불쌍한 할아버지는 지독히 눈이 나빴고 거의 이에 멀어버렸으니. 면장은 할아비지께 사정을 설명했다.

"어르신, 댁의 손녀가 조국에 봉사하려 합니다. 그것이 어르신네 가문의 영광이라는 사실을 부디 알아주셨으면 합니다."

피에르 할아버지는 면장을 향해 푸른 눈을 들더니, 친절하게도 이렇게 대답하는 것이었다.

"월귤을 따러 간다고? 좋은 생각이다, 자두야. 그걸로 잼을 만들자꾸나."

면장은 눈살을 찌푸렸다. 상황이 예상했던 것보다 훨씬 복잡하게 진행되었기 때문이다.

"아닙니다, 어르신. 월귤을 따러 가는 게 아니고요, 살육을 일삼는 저 무시무시한 흡혈귀와 싸우러 그의 성에 가는 겁니다."

"아, 빵을 만들어 먹는 게 더 좋다고? 마음대로 해. 하지만 내 경험으로는 월귤은 잼을 만드는 게 제일 나아."

면장은 맥이 빠졌다. 그래도 마지막으로 한 번만 더 말해보기로 하고, 소리 높여 외쳤다.

"월귤 이야기가 아니에요, 피에르 어르신. 자두는 흡혈귀를 죽이러 가야 해요. 그래서 어르신의 허락이 필요합니다."

피에르 할아버지가 미소를 지었다.

"월귤로 빵을 만들려면 사십오 분만 익혀야지, 그 이상은 곤란해.

한데 넌 그걸로 잼은 정말 만들기 싫은 게냐?"

면장은 지쳐서 포기하고 말았다. 그는 자두에게 가서 할아버지가 허락하셨다고 말하고는, 어린 자두를 블러드 헤모글로빈 백작의 성이 있는 안개산으로 보냈다. 자두는 용감하게 산을 기어올라갔다. 산꼭대기에 다다르자, 커다란 검은 성의 문이 보였다. 아이는 까치발을 해서 초인종을 눌렀다. 문 옆의 동판 위에는 다음과 같은 글이 새겨져 있었다. '블러드 헤모글로빈 백작, 전문 흡혈귀.'

그걸 보는 순간 자두는 겁이 나서 목구멍으로 침을 삼키기가 힘들 지경이었다. 바로 그때, 커다란 문이 삐거덕삐거덕 끔찍한 소리를 내면서 열렸다. 자두는 소스라치게 놀랐다. 그러나 어깨를 펴고 마음을 가다듬은 다음 안으로 들어갔다. 자두가 들어간 것과 거의 동시에 문은 등뒤에서 닫혀버렸다. 어디선가 오르간 소리가 들려왔다. 자두는 벽을 더듬어 스위치를 찾아, 불을 켰다. 그런데…… 바로 앞에 블러드 헤모글로빈 백작의 매부리코가 보이는 것이 아닌가!

"이런 못된 계집애, 불은 왜 켰어?"

백작이 칼로 베는 듯한 슬라브 억양으로 고함을 질렀다.

"왜냐하면…… 여기 스위치가 있어서요. 스위치는 불을 켜라고 있는 거 아닌가요?"

자두는 아주 공손하게 대답했다.

블러드 헤모글로빈은 당황한 것 같았다.

"아아주 지당한 말이다. 너는 아아주 영리해. 난 그런 생각은 미처 하지도 못했어. 내가 너의 피를 빨아야 한다는 게 유감이구나, 우어어어!"

백지장처럼 하얀 블러드 헤모글로빈의 얼굴이 천천히 자두에게 다가왔다. 흡혈귀의 이빨이 거의 닿으려는 순간, 자두가 그를 제지했다.

"이 아저씨는 정말 바보 같아. 그럼 어디 제대로 좀 해볼까."

자두는 혼잣말로 중얼거렸다.

"아저씨, 이봐요, 아저씨라고 불러도 되죠? 아저씨는 자기 몸을 돌보지 않는군요!"

"뭐? 내가 몸을 돌보지 않는다고? 어째서 그렇다는 거냐?"

"몹시 초조하지 않으세요?"

"내가? 맞아, 그렇고말고. 그런데 그건 왜?"

"아주 간단해요. 아저씨가 마시는 피가 질이 나빠서 그런 거예요!"

"아, 그러냐?"

"자, 이게 증거예요. 아저씨 안색이 무척 창백하지 않나요?"

"글쎄…… 난 거우울을 보오올 수 없단다."

"좋아요, 그럼 내가 봐드리죠. 안색이 무척 나쁘시군요. 혹시…… 빛이나 마늘에 알레르기가 있지 않나요?"

"맞아 맞아! 어떻게 그걸 알았지?"

"뻔하죠. 다시 말하지만, 아저씨가 질 나쁜 피를 마셔서 그런 거예요. 그런데 의사 선생님 말씀이, 내 피가 아주 나쁘대요. 온 나라를 다 뒤져봐도 내 피보다 더 나쁜 피는 없을 거래요."

"고치려면 어떻게 해야 하지? 네 피가 나쁘다고 내가 굶어 주우욱을 수는 없지 않겠니?"

"바로 그거예요! 내 피를 좋게 만드는 방법은 아주 간단해요. 술래잡기 놀이가 최고죠. 그보다 더 근본적인 치료는 없어요."

“무슨 놀이……?”

“술래잡기 놀이요! 아저씨는 여기 서서 벽에 기대고 눈을 감으세요. 눈을 감은 채로 수를 세요, 백만까지요! 그 동안 나는 숨으러 갈게요. 백만을 다 세고 나면 나를 찾으러 오세요. 나를 찾아내서 피맛을 보면, 장담하건대, 아저씨가 살아…… 아니, 죽어 있는 동안 한 번도 마셔본 적이 없는 좋은 피라고 생각할 걸요.”

“그런 요리법이 이이있다는 마아알은 생전 처음 들어보는구나.”

“있고말고요. 여기 이 요리책 안에요.”

자두는 메고 있던 배낭에서 피에르 할아버지의 요리책을 꺼내, 되는대로 아무 페이지나 펼쳐서 백작의 코밑에 바짝 들이댔다.

“바로 여기예요, 보이세요?”

“아니…… 아아무것도 아안 보여.”

자두는 재빨리 다시 책을 덮었다.

“자, 봤죠! 아저씨가 질 나쁜 피를 너무 많이 마셨다는 증거를요. 아저씨는 시력도 나빠지고 있다니까요!”

“그래, 난 눈이 몹시 나쁘단다. 그건 그렇고, 어서 술래잡기 놀이를 하자꾸나!”

블러드 헤모글로빈은 수를 세기 시작했다.

“하나…… 둘…… 세에엣……”

“속이면 안 돼요!”

자두는 블러드 헤모글로빈에게서 달아나며 소리를 질렀다.

“만약 그러면 내 피에서 썩은 두꺼비 침 맛이 날 걸요!”

영리한 자두는 성을 뒤져보기로 마음먹었다. 백작이 남을 해칠 수 없게 만들 만한 뭔가를 찾아볼 심산이었다. 자두는 지하실로 내려갔다. 지하실은 냄비 속처럼 캄캄했다. 자두는 "누구 있어요?" 하고 용기를 내서 말해보았다. 그러자 어떤 목소리가 "누구 있어요?" 하고 똑같이 흉내를 내는 것이었다. 자두는 불을 켰다. 환한 불빛에 드러난 것들을 보고 자두는 너무 놀라 숨이 막힐 것 같았다. 지하실에는 블러드 헤모글로빈 백작이 수세기에 걸쳐 모아놓은 온갖 금은보화가 잔뜩 쌓여 있었다. 금, 은, 귀중한 보석은 물론이고 인도산 비단, 페르시아산 양탄자, 중국산 자기, 이름 모를 동방의 보물들까지. 그리고 깊숙한, 아주 깊숙한 곳에 금으로 만든 새장 세 개가 있었다. 그 안에 들어 있는 것은 앵무새였다! 아마존에서 온 앵무새 세 마리.

"젖은 뿔의 바구니뿔."

자두가 큰 소리로 말했다.

"젖은 뿔의 바구니뿔."

앵무새들이 흉내를 냈다.

"이거야말로 내게 안성맞춤인걸!"

흥분한 자두의 머릿속엔 이미 좋은 생각이 떠올랐던 것이다.

이제 블러드 헤모글로빈은 수를 다 세어가고 있었다.

"구십구만 구천구백구십구, 백만! 다 세었다!"

블러드 헤모글로빈은 사무를 찾기 시삭했다. 그리 오래 찾을 필요노 없었다. "나 여기 있어요, 아저씨, 두원뿔!" 하고 말하는 목소리가 들려왔으니까.

"아하, 꼬마야, 잡는다!"

블러드 헤모글로빈이 목소리가 들려오는 곳으로 막 달려가려는 순간, 또다른 목소리가 들려왔다.

"나 여기 있어요, 아저씨, 얼간이뿔!"

"아하, 네가 날 속여어도, 난 널 찾아낼 테다! 이 블러드 헤모글로빈 님이, 맹세코!"

블러드 헤모글로빈이 자두가 숨어 있는 곳이 틀림없어 보이는 쪽으로 막 가려는 순간, 또다른 목소리가 비웃었다.

"아저씨, 늑장을 부리시네, 순대뿔!"

"으아아아, 나를 놀리는구나! 이제 더는 못 참아아!"

블러드 헤모글로빈은 자두가 숨은 곳이라고 짐작되는 커다란 점토 항아리 쪽으로 몸을 던졌다. 그리고 아주 기뻐하며 한 손을 항아리 안에 집어넣었다.

"무척 맛있는 식사를 하아게 되겠구운!"

그러나 블러드 헤모글로빈은 미처 말이 끝나기도 전에, 소름끼치는 비명을 질렀다. 손가락을 뼛속까지 깨물렸기 때문이었다. 화가 난 앵무새 한 마리가 깃털을 떨어뜨리면서 항아리 속에서 날아오르더니, 블러드 헤모글로빈의 머리통을 인정사정 없이 쪼아댔다.

블러드 헤모글로빈은 앵무새를 다시 새장에 넣느라 무척 애를 썼다. 그리고 다른 두 마리 때문에 그만큼의 고생을 또 해야 했다. 블러드 헤모글로빈은 여러 군데 상처가 났고 멍이 들었다. 성한 손가락이 하나도 없을 정도였다. 게다가 머리끝까지 화가 나서 제정신이 아니었다. 그는 성의 홀에서 고래고래 고함을 질렀다.

"끝났어! 이제 시합 안 해! 꼬마야, 수움은 곳에서 지금 다앙장 나아오지 않으면, 내가 가서 네 할아버지를 물어버릴 거야!"

겁이 덜컥 난 자두는 숨은 곳에서 나왔다. 블러드 헤모글로빈은 이를 모두 드러내고 미친 듯이 자두에게 달려들었다. 소녀 역시 지지 않고 있는 힘을 다해 고함을 지르고 버둥거린 바람에 온몸이 피투성이가 되었다.

"잠깐만요!"

자두가 있는 힘을 다해 고함을 질렀다.

어안이 벙벙해진 백작이 물었다.

"왜 그래, 뭐야?"

"죽기 전에 유언을 하고 싶어요. 누구나 유언을 할 권리는 있으니까요."

자두가 주장했다.

블러드 헤모글로빈은 짜증이 났다.

"그래, 좋다 좋아, 알았다고. 하지만 제발 빨리 끝내다오!"

"음…… 사람들이 밀하길, 당신의 마법은 정말 굉장하대요. 이 세상 어디에도 당신보다 위대한 마법사는 없을 거라고요."

그 말을 들은 흡혈귀는 기분이 무척 좋아졌다.

"그건 사아실이야. 내가 가상 위이대하지."

"그렇다면 내게 승명을 해봐요."

"뭐라고? 그걸 어떻게 즈응명하란 말이냐?"

"모르겠어요. 혹시…… 아주 커다란…… 어떤 것으로 변신할 수 있나요?"

"예에를 드은다면, 이렇게 말이냐?"

말을 마치자마자 백작은 거대한 용이 되었다. 자두는 그 모습을 공포에 질려 바라보았다. 무서워서 죽을 지경이었지만 겉으로는 전혀 내색을 하지 않았다.

"쳇, 겨우 그런 걸 가지고. 별로 놀랍지 않아요."

자두가 말했다.

"뭐라고?"

용은 원래의 모습으로 다시 돌아왔다.

"다시 하안번 말해봐."

"별로 놀랍지 않다구요. 이런 재주는 하찮은 초보 마법사라도 부릴 수 있잖아요. 내가 바라는 건 그런 게 아니고, 눈길을 확 끄는, 참신한, 한 번도 본 적이 없는 뭐, 그런 마법이죠. 혹시 아주 작은…… 어떤 것으로도 변신할 수 있나요? 아주아주 작은 것으로요."

블러드 헤모글로빈 백작은 웃기 시작했다.

"너, 내가 「장화 신은 고양이」를 안 읽어보온 줄 아니? 나를 바아보로 아아냐? 내가 아아주 작게 변하면, 넌 나를 무자비하게 밟아 죽일 거잖아!"

'쳇, 어떻게 알았지? 할 수 없다. 전략을 바꾸자.'

자두는 생각했다.

그러고는 노래를 불러서 백작을 놀려대기 시작했다.

"블러드 헤모글로빈 백작은 그럴 능력이 없대요. 백작에겐 그럴
능력이 없대요. 그는 무능력자, 보잘것없는 무능력자, 라랄랄랄라!"
백작이 대꾸했다.
"할 수 있어. 아아주 잘할 수 있어! 우선 이걸 봐!"
그리고 그가 변신을 했는데, 놀라운 우연의 일치로, 이가 된 것이
었다.
"어떠냐? 이제 만족하니?"
이로 변한 백작이 작디작은 목소리로 말했다.
자두는 몸을 굽혀 엄지와 검지로 놈을 집어들었다.

"아, 그래요. 이번엔 아주 놀랐어요. 진짜로 아주아주 놀랐다니까
요……"
자두는 두 손가락을 조여서 이를 무자비하게 으깨버렸다. 그러고
나서 성 안에서 춤을 추며 이렇게 노래를 불렀다.

내가 왕을 죽였어

내가 왕비를 죽였어

내가 왕자를 죽였어

그리고 백작까지!

내가 제일 큰 흡혈귀를 죽였어

내가 제일 큰 흡혈귀를 죽였어

내가 왕을 죽였어

내가 왕비를 죽였어

내가 왕자를 죽였어

찍! 찍!

돌아오는 길에 자두는 월귤나무 숲을 발견하고 피에르 할아버지를 위해 월귤을 땄다. 집에 도착해서 그것으로 잼을 세 단지나 만들어 차 마시는 시간에 빵에 발라 할아버지께 드렸다.

피에르 할아버지는 알 듯 모를 듯 이렇게 말씀하셨다.

"내 그럴 줄 알았지, 네가 그걸로 잼을 만들 거라고……"

휘니 베를리고의 세계

1

　위니 베를링고는 만년필을 자근자근 깨물면서 공상에 잠겼다. 내가 어른이 되면 아마존의 처녀림에 가서 살아야지. 아나콘다 두 마리에 다른 아나콘다 두 마리를 더하면 모두 몇 마리의 목을 비틀어야 할까. 설사 아나콘나가 이백 마리고 거기에 다시 이백 마리를 더한다 해도, 문제없을 거야. 제일 강한 자는 바로 나일 테니까. 난 『타잔』 이야기는 죄다 읽었거든. 그러니 아나콘다 이백 마리에 이백 마리를 더해 본늘 부서울 게 뭐 있어. 나는 숲에서 살 서고, 나방 발을 할 수 있세 원숭이들을 훈련시킬 거고, 매일 새로운 모험을 할 거야. 저주받은 석상이 있는 폐허가 된 사원도 보러 가야지. 거기에 갈 때는 길들인 표범을

데리고 가야겠지. 분명 머리를 베어가는 인디언들이 있을 테고, 아마
도 그들은 내 길을 가로막을 거야. 인디언 추장은 무섭겠지? 추장이 누
굴 닮았나 하면……

"베를링고 양!"

위니 베를링고의 공상의 거품은 그만 퍽 소리를 내며 꺼져버렸다.
위니는 자기 앞에 수학 교사 크로쉬 선생님이 있다는 사실, 그리고 그
녀가 머리를 베어가는 인디언 추장을 꼭 닮았다는 사실을 알아차렸다.

"베를링고 양."

크로쉬 선생님이 한숨을 크게 내쉬면서 격분한 어조로 말을 이
었다.

"베를링고 양은 내 수학 수업이 늘 그렇듯 재미가 없는 모양이군
요. 질문을 하나 하겠어요. 자크가 사과 스무 개를 갖고 있었는데, 장
이 그중 세 개를 먹었어요. 그러면 자크에게 사과가 몇 개 남나요?"

"크로쉬 선생님, 저는 자크가 가진 사과의 수보다 타잔이 날마다
맞서 싸우는 아나콘다의 수가 훨씬 더 흥미로워요. 타잔은 수를 셀 줄
모를 뿐 아니라 그런 것에 개의치 않거든요. 그런데도 제가 선생님의
질문에 대답을 하는 데 동의하는 이유는, 선생님이
제 수학 선생님이시기 때문이고, 또
제가 선생님을 존경하고 선생님
께 복종해야 하기 때문이에요.
제 생각은 이래요. 장은 자크에
게 허락을 구하지도 않고 자크의 사과

를 먹지 말았어야 했어요. 따라서 장은 무례한 사람이에요. 또 제 생각엔 자크가 사과를 지나치게 많이 가진 것 같아요. 저는 그가 그 사과를 전부 먹을 작정이 아니기를 바라요. 왜냐하면 우리집 가정부 미스 티포트가 말한 것처럼, 사과를 너무 많이 먹으면 위궤양이 생기기 때문이에요. 따라서 결론은 만일 자크가 위궤양에 걸리기 싫다면, 장에게 사과를 좀더 주어야 한다는 거예요. 혹시 제 대답이 적절하지 못하다면, 크로쉬 선생님, 저는 꽃 이백 송이에 다시 꽃 이백 송이를 더하면 꽃이 모두 얼마나 되는지도 말씀드릴 수 있어요."

위니가 침착하게 대답했다.

"답을 들어보고 싶군요."

치밀어오르는 화를 억지로 참고 있던 크로쉬 선생님이 쉿소리가 나는 목소리로 말했다.

그러자 위니 베블링고는 두 팔을 활짝 벌리면서 아주 간결하게 대답했다.

"미스 티포트를 위한, 이만큼 커다란 꽃다발이 돼요."

"나가!"

얼굴이 새빨개진 크로쉬 선생님이 고함을 질렀다.

위니 베블링고는 한마디 말도 없이 제 물건들을 주섬주섬 챙기더니, 마치 꼬마 병정처럼 당당하게 고개를 쳐들고 두 팔을 흔들며 성큼성큼 걸어서 교실 밖으로 나갔다. 이 느닷없는 퇴장에 반 친구들은 웃음소리로 경의를 표했다.

위니는 등에 책가방을 메고 학교를 떠났다. 아무도 말릴 수가 없

었다. 마침 봄철이었기 때문에 위니는 공원으로 갔다. 흰 자갈이 깔린 산책로를 날아다니는 나비들과 잔뜩 피어 있는 꽃들 사이를 거닐다가, 위니는 회색과 검은색 옷을 입은 한 노파를 보게 되었다. 노파는 야채가 가득 담긴 낡은 밤색 장바구니를 힘겹게 질질 끌면서 걸어가고 있었다. 남을 돕는 것을 좋아하는 위니는 노파에게 돕겠다고 말했고, 노파는 그 제안을 흔쾌히 받아들였다. 그런데 노파는 노인들이 내는 기운 없는 쉰 목소리가 아니라, 마치 비둘기가 구구거리는 것 같은 아주 부드러운 목소리로 말하는 것이었다. 위니는 밤색 장바구니를 들었다. 무척 무거웠지만 아무런 내색도 하지 않았다. 위니는 노파를 쫓아 산책로를 걸어, 공원에서 가장 후미진 곳에 있는 작은 나무집까지 고분고분 따라갔다. 전에는 한 번도 본 적이 없는 집이었다. 집은 전나무로 지어졌고, 현관 지붕이 에메랄드 같은 녹색 담쟁이덩굴을 비집고 나와 있었다. 개암나무들과 꽃이 만발한 사과나무 한 그루에 둘러싸인 집은 방금 그림책에서 쏙 빠져나온 것만 같았다. 위니는 현관 앞에 멈춰 서서 안으로 들어가야 할지 망설였다. 노파는 문을 열더니 뒤를 돌아보면서 말했다.

"애야, 안으로 들어오지 않으련?"

"모르겠어요."

"뭐? 모르겠다고?"

"우리집 가정부 미스 티포트가 낯선 사람 집에 가면 안 된다고 항상 말했거든요."

"별 소릴 다 하네! 온 세상이 앙탈레리아 비스코트를 알고 있어. 이 공원도 내 것이란다."

"저는 이 공원이 시에 속하는 것인 줄 알았는데요."

"공식적으로는 그렇지. 하지만 이걸 알아야 해. 나는 여러 해 전부터 이 공원에 있는 나무 한 그루, 꽃 한 송이, 풀 한 포기, 그 어느 것 하나 빠짐없이 돌보았고, 그 누구보다도 많은 정성과 사랑을 쏟아왔단다. 그러니, 이 공원이 내 것이 아니라고 말할 사람은 아무도 없어. 자, 들어오렴. 내 너를 잡아먹지 않겠다고 약속하마. 게다가 너한테 따끈한 코코아도 줄 거다. 나를 도와준 보답으로 말이지. 그런데 네 이름은 뭐지?"

"위니예요, 비스코트 부인. 위니 베를링고 드 카라멜무요."

"그래, 만나서 반갑다, 위니야."

비스코트 부인은 비둘기 같은 목소리로 말했다.

집의 내부 역시 외부와 마찬가지로 매혹적이었다. 마루에서는 송진 냄새가 풍겼고, 실내에는 신비한 분위기가 감돌고 있었다. 그러나 위니가 가장 감탄한 것은 바로 대들보에 걸려 있는 물건들이었다. 대들보에 걸려 있는 낯선 물건들은 갖가지 색깔과 형태를 지니고 있었는데, 위니의 눈에는 하나같이 세상에서 가장 아름답게 보였다. 넋을 잃고 바라보던 위니는 물이 끓어 주전자가 삐삐삐 하고 노래를 부르는 소리에 정신이 들었다. 잠시 후 앙탈레리아 비스코트 부인이 김이 모락모락 나는 찻잔 두 개를 가지고 나타났다. 부인은 코코아가 가득 담긴 보랏빛 도는 푸른 사기 찻잔을 위니에게 내밀면서 이렇게 말했다.

"자, 받아라. 저기 가죽 의자에 앉으렴."

부인이 말한 의자에 앉자, 위니의 몸은 오래된 책 냄새가 나는 의자 속에 완전히 푹 파묻혀버렸다. 그 바람에 위니는 하마터면 뜨거운 코코아를 주홍빛 원피스에 쏟을 뻔했다. 위니는 가까스로 몸을 똑바로 세우고, 김이 오르는 코코아를 한 모금 마셨다. 코코아는 증기 기차처럼 위니의 목구멍을 통과하더니 위 속에 이르러 정차했다. 거기서 코코아는 순식간에 나머지 몸 전체를 따뜻하게 만들었다. 위니의 두 뺨이 발그레해졌다. 그렇게 맛있는 코코아는 난생처음이었다. 집에서 미스 티포트가 만들어주던 코코아는 이것과 비교한다면 아무 맛도 없는 것처럼 여겨질 정도였다.

"맛있어요."

위니가 말했다.

"아! 나는 코코아학 학위를 받았거든. 네 맘에 든다니 기쁘구나. 그런데 얘야, 너는 이 시간에 학교에 있어야 되는 거 아니니?"

"학교는 재미가 없는데다가 수학 선생님 의견과 제 의견이 서로

달라요. 그리고 선생님이 저보고 교실에서 나가래요. 하지만 저는 아무 불만 없어요."

"선생님께서 왜 너보고 교실에서 나가라고 하셨는데?"

"사과랑 꽃이 말썽이었어요. 저는 크로쉬 선생님이 꽃다발에 대한 시를 그다지 좋아한다고 생각하지 않아요. 선생님은 꽃들의 수를 세는 걸 더 좋아하세요. 결국 선생님한테는 꽃들이 하나의 숫자가 되어버려요. 크로쉬 선생님은 숫자를 굉장히 좋아하세요. 어른들은 하나같이 숫자를 좋아한단 말이에요. 어른들은 종이 쪽지나 칠판에 숫자들을 잔뜩 써넣죠. 모두 그 방면에선 아주 우수해요. 숫자에 내가 모르는 어떤 시가 있는 게 분명해요. 그래도 저는 숫자 다발보다는 꽃다발이 더 좋아요. 제가 어른스럽지 못해서 그런 걸까요?"

"아니, 그렇지 않단다."

"저는 어른이 되고 싶은 건지 아닌지 모르겠어요. 한 번도 어른이 되려고 해본 적이 없거든요. 자꾸 노력해야 한다고 미스 티포트가 말했어요. 하지만 한 가지는 알아요. 절대로 꽃보다 숫자를 더 좋아하지는 않을 거라는 거죠. 개인에 따라 좋아하는 시가 다른데, 제 경우는 꽃들의 시, 엘라 피츠제럴드의 시, 타잔의 시 그리고 찰리 채플린의 시예요. 찰리 채플린을 아세요?"

"이야기는 들었지……"

"이야기는 들으셨다구요! 그럼 모르신다는 말씀이군요. 찰리 채플린은 천재예요. 어느 날 저녁 늦게 친구 프레드 뮈슬리네 집에서 텔레비전 프로그램에 나온 그 사람을 보았어요. 그때부터 저는 사랑에 빠졌어요. 저는 찰리 채플린이 아닌 어떤 남자도 결코 사랑하지 않을 거예요. 우리집에는 유감스럽게도 텔레비전이 없어요. 미스 티포트 말이 텔레비전은 사람 두뇌에 해롭다나요. 그래서 저는 자주 친구 프레드 뮈슬리네 집에 텔레비전을 보러……"

네시를 알리는 낡은 벽시계 소리가 울려 위니의 말이 중단되었다.

"앗, 늦었네요. 저 집에 돌아가야 해요. 클라리넷 레슨이 있거든요. 저는 솔페지오*가 별로 마음에 안 들어요. 숫자들은 더 싫고요. 그래도 제 클라리넷은 참 좋아요. 이름이 엘라예요. 엘라 피츠제럴드에서 따온 거죠. 두 소리는 서로 아주 닮았어요. 그래서 제가 솔페지오 공부를 계속하는 거예요. 그렇지 않았다면, 저는 다른 생각을 할 거예요. 산수 시간처럼 말이에요. 미스 티포트가 말해준 건데요, 솔페지오를 모르면 클라리넷을 제대로 불 수 없대요. 그뿐 아니라 다른 어떤 악기도 연주할 수 없대요. 어마나, 제가 너무 수다를 떨었나봐요. 저는 항상 그래요. 미스 티포트가 예의 없는 짓이라고 하지만, 어쩔 수가 없어요. 입 속에서 말들이 서로 밀치면서 다투거든요. 얽혀서 뒤죽박죽이 되기 전에 꺼내놓지 않으면, 결국 횡설수설이 돼서 나오지 않겠어요? 횡설수설, 얼마나 예쁜 말인가요! 앗, 또 수다를 떨고 있네요. 안녕히 계세요, 비스코트 부인. 이처럼 대접해주시고 제 이야기도 잘 들어주셨는데, 더이상 폐를 끼치고 싶지 않아요. 코코아 기가 막히게 맛있었어요. 정말 고맙습니다. 저는 이만 가야겠어요."

---

* 음악에 관한 기초교육.

"잠깐만, 조금만 더 있다 가려무나."

위니는 멈춰 섰다. 등에는 벌써 가방을 메고 있었다. 앙탈레리아 비스코트 부인은 둘둘 말린 커다란 종이를 위니에게 내밀었다.

"좀전에 한 이야기 말인데, 찰리 채플린에 대해서 말야. 네가 나에게 말할 기회를 주지 않아 못 했지만, 나는 그 사람에 대한 말을 듣기만한 것이 아니라 만나보기도 했단다."

위니의 연초록색 눈이 동그래졌다.

"찰리 채플린을 만나셨다고요! 어떻게요? 언제요? 텔레비전 화면에 나오는 것보다 키가 더 클 테죠. 잘생겼나요? 어머, 말도 안 되는 질문이네. 찰리 채플린은 당연히 잘생겼지."

"이런 수다쟁이, 나도 말 좀 하게 해줄 테냐? 다음번에 죄다 이야기해주마. 우선 이 포스터를 가져가. (비스코트 부인은 종이 두루마리를 가리켰다) 그 사람 포스터란다. 그냥 보통 포스터가 아니라 마법의 포스터야."

"마법의 포스터요? 무슨 말씀이세요? 저는 무슨 뜻인지……"

"오늘 밤에 네 방에 그걸 붙여라, 그럼 알게 될 테니."

위니 베를링고는 두 눈을 반짝이면서 앙탈레리아 비스코트 부인에게 작별인사를 한 후, 귀중한 선물을 가슴에 꼭 껴안고 집으로 돌아왔다.

반짝반짝 윤기나는 새빨간 곱슬머리, 하트 모양의 얼굴, 연초록색의 웃는 듯한 큰 눈, 그 위로 반달 모양의 빨간 눈썹이 둘, 보살셋없는 작은 코, 주근깨가 총총히 박힌 볼록한 두 볼, 미소짓는 입, 행복해서 이를 드러내고 해바라기처럼 활짝 웃을 때마다 쉼표처럼 양볼에 패는 보조개. 바로 위니 베를링고의 모습이었다. 적어도 나는 그런 모습을 간직하고 있다. 나는 위니 베를링고 드 카라멜무와 친했다고 자부할 수 있는 아주 드문 사람들 중 하나다. 내가 여러분에게 위니의 이야기를 들려주겠다. 아니, 들려주도록 노력해보겠다. 이렇게 말하는 이유는 내가 위니의 가장 진한 친구이긴 했시만, 오늘 내가 징말로 위니를 잘 알았던 건 아니라는 사실을 깨달았기 때문이다.

내 이름은 프레드 뮈슬리다. 위니하고 같은 반이었다. 그애는 학교를 별로 좋아하지 않았다. 학교에만 오년 숙을 섯처럼 시서워했다. 그애가 말을 잘 듣고 존경했던 유일한 사람은 미스 티포트다. 그분은 영국인 가정부인데 위니가 아기일 때부터 돌봐주셨다고 한다. 위니의 부모님은 위니가 열한 달밖에 안 되었을 때 바다에서 조난을 당해 돌아가셨다. 그런 일은 대개 어린애의 마음에 상처를 남긴다. 하지만 위니의 모습은 행복 그 자체였다. 위니는 웃는 것을 무척 좋아했고, 나는 그애의 웃음을 참 좋아했다.

우리는 서로 매우 달랐다. 위니는 공부를 게을리 했지만, 나는 반에서 일등이 되려고 열심히 공부했다. 위니는 무남독녀 외동딸이었지만, 나는 아이가 일곱인 집안의 여섯째 아이였다. 위니의 부모님은 돌아가셨지만, 우리 부모님은 멀쩡하게 살아 계실 뿐 아니라 아주 건강하시다. 위니는 무척 활동적이고 자유분방한 상상력을 지녔고 진짜 회오리바람처럼 보이는 빨간 머리인 반면, 나는 갈색 머리에 안경을 썼고 말이 없는 편이다. 위니는 내가 싫다고 해도 언제나 나를 끌고 숲속으로 탐험을 나갔다. 마치 우리가 아마존의 탐험가라도 되는 듯이. 그애의 꿈은 달에 가는 거였다.

여름이 되면 위니는 저녁마다 우리집에 텔레비전을 보러 왔는데, 가끔 내게 이렇게 묻곤 했다.

"프레드, 만일 내가 너한테 함께 달에 가자고 하면, 그리고 내가 지금 달에 갈 수 있는 방법을 알고 있다면, 함께 갈 거니?"

"위니, 우리 부모님은 지구에 계셔. 우리가 달에 가면 걱정하실 거야."

"그래? 나한테도 미스 티포트가 있어."

"경우가 달라. 나는 그런 식으로 부모님을 떠날 순 없어."

그러자 위니는 삐쳤는지 텔레비전만 열심히 보고, 나에게 더이상

말을 걸지 않았다. 하지만 그런 상태는 절대 오래가지 못한다. 텔레비전에 뭔가 우스운 것이 나오면 위니는 웃음을 터뜨렸고, 흥분해서 내 쪽을 보며 이렇게 말하는 것이었다.

"너도 봤지? 정말 어처구니가 없어!"

그러면 조금 전의 일 따위는 까맣게 잊혀지고 말았다.

서로 이렇게 다른데도 위니와 나, 우리는 친구였다. 그 이유를 아는 사람은 아무도 없다. 나 역시 몰랐으니까.

언제나처럼 크로쉬 선생님과 한바탕 다툰 다음날이었다. 학교에 온 위니는 머리칼이 훨씬 더 위로 뻗쳤고, 두 눈은 훨씬 더 빛났고, 두 뺨은 훨씬 더 발그레했으며, 입술은 훨씬 더 빨갰고, 표정은 보통 때보나 훨씬 너 활싹 웃는 노습이었나. 나는 복노에서 위니를 붙잡고 무슨 일에 그렇게 감격해하고 있는지 물었다. 그러면 그애는 어찌나 황급히 대답하던지 말들이 입술에서 마구 뒤엉켜버렸다. 내가 이해한 그애의 대답은 다음과 같다.

"시간이 없어. 오늘 오후에 우리집에 와. 너한테 보여줄 게 있어. 되게 중요한 거야. 네시에. 나랑 함께 간식을 먹을 거야. 늦으면 안 돼."

그날 수업 시간에 위니는 평소보다 훨씬 더 다른 일에 정신이 팔려 있었다. 그건 정말 잘한 짓이었다. 평소보다 훨씬 더 붉게 상기된 얼굴빛이 크로쉬 선생님 눈에 띄었고, 그것 역시 잘된 일이었다. 나는 크로쉬 선생님이 그토록 화가 난 건 처음 보았다. 나는 맨 앞줄에 앉아 있었기 때문에, 혹시 선생님이 폭발하면 어쩌나 겁이 나서 조심하자는 차원에서 산수 책으로 얼굴을 가리고 몸을 있는 대로 잔뜩 움츠리고 있었다. 내 생각엔, 위니가 의자 위에서 곡예사(걔가 나중에 갖고 싶어 하는 수많은 직업들 중 하나다)의 새로운 재주를 연습하다가 그만 쿵 하고 마룻바닥에 굴러 떨어지고 만 것 같았다. 그와 동시에 "나가!" 하는 고함 소리가 대포 소리처럼 울렸고, 위니는 자기 물건들을 거의 챙기지도 못한 채 뛰다시피 교실 밖으로 나가버렸다. 그래서 위니의 소지품을 가져다주는 일을 내가 맡게 되었다.

네시경에 나는 위니 집으로 갔다. 문을 두드리자마자 큰 바람소리를 내면서 문이 열렸고, 위니의 빨간 머리가 나타났다. 위니는 들어오라고 하면서 굉장히 들뜬 목소리로 말했다.

"너 좀 꾸물댔구나. 서둘러. 내 방으로 와. 네 잡동사니는 저기 테이블 위에 놓아두고."

"내 잡동사니가 아니라 네 잡동사니야. 너 아까 교실에서 나갈 때

이 물건들을 두고 갔잖아. 안녕하세요, 미스 티포트. 별일 없으시지요?"

"안녕, 젊은이. 나는 아주 건강하게 잘 지내요. 고마워요. 그쪽은 어때요?"

영국인 가정부는 아주 품위 있게 대답했다.

내가 대답하려는 순간 위니는 내 팔을 잡아끌었다.

"프레드, 예의 차릴 시간이 없대두! 자, 빨리 내 방으로 가자. 너한테 보여줄 게 있어!"

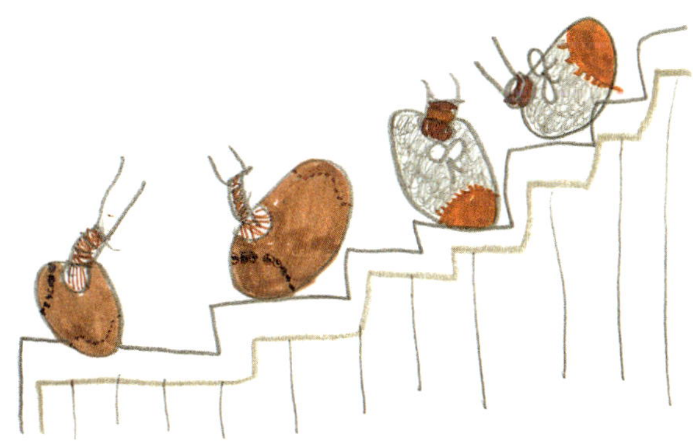

그래서 그애를 따라갔다. 아니, 그애가 계단을 올라 제 방 문 앞까지 나를 끌고 갔다는 말이 더 맞을 것이다. 위니의 방은 꼭 병원 입원실 같다. 침대 하나, 머리맡 탁자와 그 위에 놓인 선풍, 의자 하나, 책상 하나, 책상 위로 공원이 내다보이는 창문 하나, 그 외엔 아무것도 없기 때문이다. 미스 티포트는 평소 아파트의 정돈과 청결에 각별히 신경을

썼다. 그런데 침대 맞은편 하얀 벽에 뭔가 달라진 게 있었다. 포스터가 한 장 붙어 있는 것이었다. 정확히 말하자면 찰리 채플린의 포스터였다. 나는 괴로운 심정이 되었다. 위니가 찰리 채플린을 미친 듯이 사랑한다는 걸 잘 알고 있었기 때문이다.

"어떠니?"

위니의 목소리는 흥분을 감추지 못해 가늘게 떨렸다.

"뭐가 어때?"

"자, 저걸 보라구!"

나는 주의 깊게 포스터를 관찰했다. 채플린의 흔하디흔한 포스터였다. 즉, 한 손은 무심하게 지팡이 위에, 주먹을 쥔 다른 한 손은 허리에 얹고, 한쪽 다리를 다른 쪽 다리 앞으로 구부린 자세를 하고, 지나치게 큰 신발을 신고 있었으며, 약간 비스듬히 쓴 중절모 아래로 곱슬거리는 검은 머리칼이 비어져나온 그런 모습이었다. 뭐 대단하게 여길 만한 것도 아니었다. 그래서 나는 약간 짜증을 섞어 대답했다.

"그래, 그러네, 찰리 채플린이야. 네가 사랑하는 찰리 채플린. 그게 뭐 어때서?"

"잘 좀 보라니까, 이런 바보 같은 자식!"

나는 자존심이 상했다. 위니가 나에게 바보 같은 자식이라고 말한 적은 한 번도 없었던 것이다. 그래도 나는 꾹 참고 다시 포스터를 살펴보았다. 뭐 특별한 점이 있나 세세한 부분까지 찾아보았지만, 처음과 마찬가지로 아무런 소득이 없었다.

"이봐, 위니, 기껏 너네 집에 불러다놓고 찰리 채플린의 포스터나 바라보라고 하다니, 미안하지만 난 하나도 재미 없어."

"그럼 너한테는 아무것도 안 보였단 말이니? 그 사람이 너한테 윙크 안 했어?"

위니가 낙담해서 말했다.

나는 잠시 그애를 쳐다보았다.

"위니, 나는 포스터 속의 사람이 재미 삼아 윙크를 한다고 생각하지 않아. 그게 찰리 채플린의 포스터든 아니든 간에."

"하지만 어제는 그랬단 말야!"

"다시 한번 말해볼래?"

"어제 나한테 윙크를 했다니까! 나는 비스코트 부인이 말한 대로 방에 포스터를 붙였어. 그리고 잠자리에 들기 전에 불을 끄려고 하면서 '안녕, 찰리' 하고 말했지. 그랬더니 그 사람이 나한테 윙크를 했어. 설마, 잘못 본 거겠지 하고 눈을 비비는데, 그가 웃으면서 모자를 벗더니 아무 말도 없이 인사를 하는 거야. 그러고 나서 다시 자기 자리로 돌아가더니 더이상 움직이지 않더라. 너한테는 왜 아무 일도 안 일어나는지 이상해."

"이상하다, 정말."

나는 얼굴을 씽그렸나.

"너, 내 말을 못 믿겠어?"

"믿기 어려운 일이잖아."

위니는 샐쭉해졌다. 그애는 토라지려고 할 땐 언제나 그런다. 그리고 정말 토라졌다. 간식 시간 내내. 내가 돌아갈 때 문간까지 나를 바래다주고서 '잘 가' 하고 재빨리 말했을 뿐이었다.

3

"그애는 내 말을 못 믿겠대요. 일부러 그러는 것 같아요. 마법의 포스터가 윙크하는 게 뭐가 그렇게 이상해요, 안 그래요?"

위니는 눈살을 찌푸리며 말했다.

"케이크 한 쪽 먹을래, 위니?"

비스코트 부인이 권했다.

"네, 주세요. 게다가 그앤 저와 함께 달에 가기도 싫대요. 말이 돼요? 내 제일 친한 친구가 나랑 함께 달에 안 가겠다는 게 말예요!"

"설탕 좀 건네줄래?"

"여기요."

"고맙구나."

"비스코트 아줌마, 어쩌면 좋아요?"

앙탈레리아 비스코트 부인은 시간을 끌었다. 그녀는 차를 젓고, 남색 찻잔을 입으로 가져갔다. 차를 한 모금 마신 후, 그녀는 침착한 목소리로 이렇게 말했다.

"네가 그애한테 지나친 요구를 했다는 생각은 안 드니?"

"지나친 요구요? 그게 어떻게 지나친 요구예요? 그앤 저의 제일 친한 친군데요."

위니가 항의했다.

"바로 그거야. 우정이란 서로 주고받는 관계란다. 네가 그애한테 요구가 많은 것처럼 그애도 너한테 많은 요구를 할 수 있어. 또 네가 지금 그러는 것처럼 너 역시 그애를 불평하게 만들 수 있지."

위니는 잠시 아무 말도 하지 않았다. 앙탈레리아 비스코트 부인의 말이 확실히 옳았기 때문이다. 하지만 마음속 깊은 곳에서 무언가, 프레드가 너와 함께 달에 가지 않으려 한다면 너희들의 우정은 완전한 것이 아니라고 속삭이는 것만 같았다.

그뿐이었다. 달리 잘 설명할 방법이 없었다.

"화제를 바꿀까요, 비스코트 아줌마? 아줌마가 찰리 채플린과 만났던 이야기를 해주세요. 얘기해주신다고 약속하셨잖아요."

"그렇다면 약속을 지켜야지. 나는 그 사람을 여기, 공원에서 만났단다. 왜 그렇게 눈이 휘둥그레지는 게냐?"

"저는…… 저는 몰랐어요…… 찰리 채플린이 이 도시에 왔었다는 걸요."

위니는 말을 더듬었다.

"아무도 몰랐지. 그 사람을 만난 나 역시 모르고 있었단다. 보름달이 뜬 밤이었어. 달빛이 환등기 불빛처럼 환했지. 그는 가로등 옆 녹색 청동 벤치에 앉아 있었단다. 지팡이를 짚고 중절모를 쓴 채 기다리고 있더구나. 나를 보자 그 사람의 얼굴이 환해지더니, 웃으면서 나에게 가까이 오라고 손짓을 하는 거야. 그래서 그 사람 곁으로 갔지. 그는 내 손을 잡고 손에 키스를 했어. 그리고는 어디서 났는지 알 수 없는 꽃다 발을 꺼내 내게 주었단다. 우리는 별을 바라보며 벤치에 앉아 있었지. 동이 트기 시작하자 그는 자리에서 일어났고, 내 손에 다시 한번 키스 를 하고는 떠났단다. 우린 단 한 마디 말도 나누지 않았어. 내가 혹시 꿈을 꾼 게 아닌가 의아해하고 있을 때, 녹색 청동 벤치 위에, 바로 그 사람이 앉았던 자리에 그 포스터가 놓여 있는 걸 보았단다. 포스터 속 에서 그가 내게 윙크를 하더구나.”

위니는 너무 놀라서 아무 말도 할 수가 없었다. 머리카락이 별처 럼 삐죽삐죽 솟은 그녀는, 팔꿈치를 테이블에 괴어 양손으로 두 볼을 감싼 자세로 꿈꾸는 듯한 미소를 머금고는 초롱초롱한 눈으로 앙탈레 리아 비스코트를 뚫어져라 바라보았다.

비스코트 부인은 갑자기 일어나면서 화제를 바꿨다.

“너 클라리넷을 불 줄 안다고 했지?”

위니는 고개를 끄덕였다. 비스코트 부인은 대들보에 걸린 물건들 쪽으로 가서 하나하나 살펴보더니, 구리로 된 빈 새장 하나를 끌어내 렸다.

“너한테 이걸 주마.”

부인은 테이블 위에 새장을 내려놓으면서 위니에게 말했다.

“이게 뭔데요?”

“이건 바람 초롱이란다. 너도 알겠지만, 바람은 음악가들에게 언 제나 영감의 원천이었지. 가장 유명한 음악가 중 한 사람이었던 테오

도르 바르바파파도 이 구리 새장 속에 자신의 영감을 가둬두었단다. 하지만 불행히도 그는 마법을 사용했다는 부당한 비난을 받았고, 그래서 그의 작품은 전부 훼손되고 말았어. 그런 이유로 여태까지 알려지지 않은 거고. 오늘 저녁에 이 초롱을 창문 옆에 놓아두렴. 그리고 창문은 열어둬. 바람이 초롱을 통과하면서 바르바파파의 영감을 실어 네 귀에 불어넣어줄 게야. 그러면 너는 전과는 비교도 안 될 만큼 클라리넷을 잘 불게 될 거다."

집에 돌아온 위니는 비스코트 부인이 일러준 대로 했다. 위니가 두 눈을 감자, 머릿속에서 멋진 멜로디가 들렸다. 그날 밤 위니는 행복한 꿈을 꾸었다. 천사 그리고 공기의 요정들과 함께 무수히 많은 흰나비 노랑나비 떼가 이끄는 황금 마차를 몰며 낙엽 위를 달려가는 꿈이었다.

4

나는 벌써 이틀이나 위니를 보지 못했다. 그래서 이틀째 되던 날 그애를 찾아가보기로 작정했다. 여전히 나한테 토라져 있나 알아보려고. 아파트 문을 두드리자, 미스 티포트가 문을 열어주었다.

"안녕하세요, 미스 티포트? 방해해서 죄송합니다. 위니 집에 있나요?"

"안녕, 젊은이. 방해될 건 없어요. 위니는 자기 방에 누워 있어요."

"누워 있어요? 어디 아픈가요?"

나는 약간 퉁명스럽게 따지듯 물었다.

"독감에 걸렸어요. 심하진 않아요. 곧 좋아질 거예요. 친구가 찾아 와서 좋아하겠는데요. 방이 어딘지는 알죠?"

미스 티포트는 그렇게 말하고 주방으로 가버렸다.

내가 안으로 들어가 막 현관문을 닫았을 때였다. 클라리넷으로 연 주하는 멋진 음악 소리가 들려왔다. 마치 낙엽들을 날려 소용돌이치게 만드는 바람에 대한 이야기처럼 들렸다. 음악은 위니의 방에서 들려오 고 있었다. 나는 노크를 할까 말까 한참 망설였다. 그리고 마침내 두 주 먹을 꼭 쥐고 용기를 내어, 그러나 제발 내 노크 소리가 들리지 않기를 빌면서 아주 살며시 노크를 했다. 그런데 서운하게도 음악 소리가 뚝 그치더니 위니의 목소리가 들려오는 것이었다.

"들어오세요."

그 말이 끝나기가 무섭게 기절초풍할 만큼 큰 재채기 소리가 났다.

위니는 자신의 눈 색깔과 잘 어울리는 연한 초록색 잠옷을 입고 서, 한 손엔 색깔 있는 화장지를 다른 한 손엔 클라리넷 엘라를 쥔 채, 미스 티포트의 말대로 침대에 누워 있었다. 주변에는 코를 푼 화장지 가 어지럽게 널려 있었다.

"아, 너구나, 프레드. 니가 와조서 정마 기뻐."

그애는 요란하게 코를 푼 다음 화장지를 주위에 널린 화장지 더미 에 던졌다.

"조금 전 그 음악 네가 연주한 거였니?"

"그래, 내가 해쩌. 드라쿠라 백작이 아니라. 어떠케 생가카니?"

"나야 잘 모르지. 하지만 네가 보통 때 연주하던 것과는 다르더라. 훨씬 근사해."

"내가 보톤 때 연주를 잘 못태끼 때무에 그더탄 마리니? 네가 한 마레 원수를 가파줄 꺼야. (위니는 기침을 했다) 내가 다 나으믄 마리야."

"그런데 웬 독감이니?"

"바담 초동 때무니야."

"뭣 때문이라구?"

"바람 초롱! 창문 녀페 있는 거 마리야. 브즈코트 아둠마가 내게 줘쩌. 자, 봐, 바담이 통과해서 내 귓속에 바르바바바의 넝감을 부더넣어줘."

"누구의 뭐라고?"

"바르바바바! 가당 위대한 음악가 중 한 사담이었대. 그던데 사담들이 그가 마법사라고 그의 작품드를 전부 없애버뎌대. 아무튼 그건 소문이야. 나는 그건 사실이 아니라고 생각해. 그 사담의 넝감 덕택에 (위니는 재채기를 했다) 내가 클라리넷을 이더케 잘 불 수 있는 거야. 그더치 않아따면, 네 생각에⋯⋯"

위니는 무끄더미⋯⋯ 아니 물끄러미 나를 한참 바라보았다.

"너 내 말 안 미더지지."

위니가 생기 없이 말했다.

"믿어, 믿어. 네 말을 믿어, 그럼 믿고말고."

나는 믿는 것처럼 보이려고 애쓰며 말했다.

"아니, 넌 내 마를 안 미더. 그대도 너한테 화 안 내. (위니는 화장지를 한 장 더 뽑아 코를 풀었다) 나는 널 용서해주기로 결심해꺼든."

날 용서해준다고! 내가 용서받아야 할 어떤 짓을 했단 말인가?

우리의 관계는 변했다. 위니에게 앙탈레리아 비스코트 부인이라는 새로운 사도신경이 생겼기 때문이다. 걔는 언제나 비스코트 아줌마한테 걸고 맹세를 했고, 비스코트 아줌마가 이런 말을 했는데 비스코트 아줌마가 저런 말을 했는데 하는 것이었다. 비스코트 아줌마에게 받은 선물들을 빠짐없이 내게 보여주었고, 역시 아줌마에게서 들은 하나같이 기상천외한 이야기들을 죄다 해주었다. 위니는 그 이야기들을 철석같이 믿는 것 같았다. 혹시 내가 의문을 나타내기라도 하면, 그애는 몇 시간 혹은 며칠 내내 토라져버리는 것이었다. 난 그애를 이해할 수 없었고, 그애에게 나라는 존재는 이제 별로 중요하지 않다는 느낌이 들었다. 설상가상으로 앙탈레리아 비스코트 부인을 향한 질투심까지 점점 커져갔다.

하루는 위니가 아줌마를 소개해주겠다고 했다. 나는 주저하지 않고 승낙했다. 안달을 하면서 그 순간을 기다렸다. 약속은 그 다음날로 잡혔다. 그날 저녁, 나는 내 방 침대에 누워 마음의 준비를 하고 있었다. 천장을 뚫어져라 쳐다보면서 경쟁자에 대한 수많은 질문을 나 자신에게 퍼부었다. 비스코트 부인은 젊을까 아니면 늙었을까? 부인에게 무슨 말을 해야 하지? 우린 무슨 말을 나누게 될까? 어떻게? 무엇을?

마침내 나는 '아무렴 어때' 하고 눈을 감으면서 혼잣말을 했다. '아무런들 어때. 그 아줌마거나 나거나 둘 중 하나야.'

다음날 네시, 위니와 나는 약속대로 둘이서 함께 공원으로 갔다. 위니는 어떤 집 근처로 나를 데리고 갔다. 그 집은 공원 맨 구석에 있었고, 개암나무들과 죽은 사과나무 한 그루에 둘러싸여 있었기 때문에 예전엔 한 번도 내 눈에 띈 적이 없었다. 형편없이 망가져 있는 걸로 봐서 버려진 집이 틀림없었고, 문도 녹슨 자물쇠로 잠겨 있었다. 나는 질문을 던지는 듯한 눈으로 위니를 바라보았다. 하지만 문 위에 고정된 위니의 시선은 도무지 움직일 줄 몰랐다. 그애는 아랫입술을 꼭 깨물고 있었다.

"여기니?"

위니는 대답하지 않았다.

위니는 집을 한 바퀴 둘러보더니 창문에 얼굴을 대고 안을 들여다보았다. 나도 똑같이 따라했다. 집 안에는 아무것도 없었다. 덮개를 씌운 가구가 몇 개 있을 뿐이었다. 그리고 온통 먼지투성이였다. 여러 해 비워둔 모양이었다.

"알 수가 없네."

위니가 낮은 목소리로 말했다.

"여기 맞아?"

내가 재차 물었다.

위니가 반복해서 말했다.

"알 수가 없네."

그러고는 갑자기 집을 뒤로하고 돌아서서 이렇게 투덜거리는 것이었다.

"자, 이리 와. 가는 거야. 아줌만, 내게 약속하고선……"

그때 그 해 겨울의 첫눈이 내리기 시작했다.

5

빈집이라는 사실을 알고부터 프레드는 통 입을 열지 않았다. 프레드에겐 안됐지만 어쩔 수 없었다. 눈송이들은 계속 떨어졌다. 위니는 손을 내밀어 손바닥에 눈송이를 하나 받았다. 차갑고 섬세한 레이스는 홀린 듯이 들여다보는 위니의 따뜻한 숨결에 금세 녹아버리고 말았다. 위니는 세상 사람들이 모두 먹을 수 있을 만큼 거대한 초콜릿 아이스크림을 만들 수 있는 기발한 방법을 생각해냈다. 그린란드에 있는 눈을 전부 모으고, 거기에 카카오와 타조알과 수천 리터의 우유를 섞는 거다. 게다가 그린란드의 눈이 다 없어지면, 북극의 곰이나 펭귄들노 춥지 않을 것 아닌가? 문제가 있다면 아이스크림 위에 얹을 설탕에 절인 버찌인데, 다행히 위니는 절인 버찌를 좋아하지 않았다. 절인 버찌를 좋아하는 사람들에겐 안된 일이지만.

밖에는 구름 한 점 없는 하늘에 황금색 둥근 달이 휘영청 밝게 빛나고 있었다. 마치……

'마치 환등기 같아' 하고 위니는 생각했다.

위니는 공원에서 산책을 하러 밖으로 나가려던 참이었나. 그러기엔 안성맞춤인 밤이었다. 위니는 머리부터 발끝까지 단단히 껴입고 발끝으로 걸어서 살며시 나갔다. 아주 늦은 시각이라 미스 티포트는 자고 있었다. 밖으로 나온 위니는 공기를 깊숙이 들이마셨다. 어쩐지 밤이라는 느낌이 들지 않았다. 모든 것이 정적에 잠겨 있었는데도. 이윽고 눈이 이 세상과 세상의 비밀들을 모조리 덮어버리기 시작했다. 나

무들과 땅은 온통 하얀색으로 치장했다. 가로등 근처의 흰 눈은 불빛을 받아 황금빛 줄무늬가 져서 빛났다. 위니는 앙탈레리아 비스코트 부인의 집에 불이 켜져 있는 것을 보았다. 창문 앞에서 그림자도 하나 오락가락했다. 아줌마가 집에 계신 게 분명했다. 위니는 아줌마의 집을 향해 당당하게 걸음을 옮겼다. 비스코트 아줌마가 설명을 해주실 테지. 똑똑.

"들어오세요."

위니는 안으로 들어갔다. 앙탈레리아 비스코트 부인은 집 안을 오락가락하면서 물건들을 옮겨 아주 작은 체크무늬 가방 속에 집어넣는 중이었다.

"안녕하세요, 비스코트 아줌마. 뭐 하시는 거예요?"

"안녕, 위니. 잠깐 이것 좀 받아주렴."

아줌마가 위니의 두 팔에 산더미 같은 잡동사니들을 안겨주었다. 산더미에 가려 위니에겐 아무것도 보이지 않았다.

"비스코트 아줌마, 여행을 떠나세요?"

"자, 이제, 그걸 주려무나."

제 차례가 된 산더미 잡동사니는 작은 체크무늬 가방 속으로 자취를 감추고 말았다.

"대답을 안 하셨는데요. 여행을 떠나세요?"

앙탈레리아 비스코트 부인은 잠시 동작을 멈추었다. 그리고 위니를 똑바로 쳐다보면서 대답했다.

"그렇단다."

"오랫동안 떠나 계실 건가요?"

앙탈레리아 비스코트 부인은 눈을 내리깔았다.

"그래."

위니의 심장이 딱 멈추었다. 그렇게 두렵고, 그렇게 식은땀을 많이 흘려보긴 난생처음이었다. 어찌나 겁이 났던지 내장이 뒤틀렸고, 두 눈과 목구멍도 아팠다. 위니는 바싹 말라버린 입술로 아주 나지막하게, 너무나도 두려운 질문을 하고 말았다.

"돌아오실 건가요?"

앙탈레리아 비스코트 부인은 대답이 없었다.

"비스코트 아줌마?"

침묵.

"돌아오실 거죠, 맞죠?"

또다시 침묵. 마침내 두 눈에 눈물이 가득 고인 앙탈레리아 비스코트 부인은 두 가지 물건을 가지고 위니에게 다가왔다.

"자, 받아라, 위니."

그녀는 위니에게 목걸이를 주면서 말했다.

"이건 땅귀신을 막는 부적이란다. 땅귀신을 조심해라. 음흉하고 못된 것들이지. 정령이나 요정들은 믿을 만하지만. 그리고 이것도 받으렴."

마가린 통 위에 나란히 웅크리고 있는 모르모트 두 마리가 들어 있는 네모난 조롱을 주면서 그녀는 덧붙였다.

"이놈들을 잘 돌봐주렴. 수컷은 이름이 바르나베고 암컷은 피루리

야. 여기, 다갈색 털을 가진 요놈 말이야. 이놈이 새끼를 가졌어. 그래
서 진종일 마가린 통 위에 있는 거란다. 별로 재미있어 보이지도 않는
데, 저기서 꼼짝도 안 한단다."

위니의 두 뺨 위로 눈물이 저절로 줄줄 흘러내렸다. 그렇게 울어
보기는 생전 처음이었다. 아기 때도 내내 웃기만 했는데. 앙탈레리아
부인은 위니를 꼭 껴안고, 머리를 쓰다듬고, 가만가만 어르면서 실컷
울도록 내버려두었다. 위니는 이 순간이 몇백 년이고 지속되기를 바랐
을 것이다. 그때 밖에서 푸드덕거리는 날갯짓 소리가 들리자, 앙탈레
리아 부인은 고개를 들었다. 위니는 아줌마의 포옹이 풀리는 것을 느
끼면서 마침내 때가 왔음을 깨달았다. 앙탈레리아 비스코트 부인은 목
도리를 두르더니 체크무늬 가방을 들고 밖으로 나갔다. 위니도 뒤따라
나갔다. 밖으로 나온 위니는 그만 숨이 멎는 줄 알았다. 위니가 본 것은
눈 속에서 대기중인 에나멜 욕조였던 것이다. 휘영청 밝은 달빛을 받
아 은은하게 빛나는 은날개가 욕조 양쪽에서 파닥파닥 소리를 내면서
움직이고 있었다. 위니는 가까이 다가가서 에나멜을 어루만져보았다.
은날개가 달린 욕조는 기분이 좋은지 가만히 있었다. 앙탈레리아 비스
코트 부인은 욕조 안에 가방을 내려놓고 나서, 위니의 이마에 오랫동
안 입을 맞추었다.

"안녕, 위니. 넌 내가 만난 최고로 멋진 소녀란다."

"비스코트 아줌마, 아줌마 없이 전 어떡해요? 가시 마세요. 저랑
같이 살아요. 제발요."

눈물에 젖은 두 뺨이 달빛에 반짝였다.

"위니, 그럴 수는 없단다. 너도 잘 알지 않니. 난 달에 가는 거야. 가야만 한단다. 시간이 됐어."

"비스코트 아줌마, 저도 데려가주세요. 부탁이에요! 저를 혼자 버려두지 마세요."

앙탈레리아 비스코트 부인은 안 된다고 머리를 저었다.

"네 시간은 아직 되지 않았어, 위니. 그리고 너는 혼자가 아니야. 너에겐 프레드가 있지 않니."

"프레드 말이에요? 말씀해보세요. 제가 프레드를 데리고 왔을 때, 아줌마는 왜 여기 안 계셨던 거죠?"

앙탈레리아 비스코트 부인은 또다시 눈을 내리깔았다.

"위니, 그앤 이해할 수 없었을 거야. 이해하지 못했을 거라고. 그앤 아직 준비가 안 됐거든."

"그런가요? 그럼 아줌마가 직접 그애한테 말씀하세요. 이해할 수 없었을 거라고 말이에요. 제가 어떻게 그애를 이해시킬 수 있겠어요?"

나이든 부인은 살짝 미소를 지었다.

"그애도 언젠가는 이해할 거야. 그걸 믿어야지. 그애도 준비가 되면 이해하게 될 거란다. 두고 보렴."

부인은 은날개를 요란하게 푸드덕거리고 있는 욕조를 슬쩍 쳐다 보았다.

"내 욕조가 안달을 하는구나. 안녕, 위니. 우린 다시 만나게 될 거야, 내 약속하마."

아줌마는 마지막으로 위니를 품에 꼭 껴안고 나서, 욕조 안으로 기어올라갔다. 욕조는 달 뒤편으로 사라졌다. 위니는 모르모트가 든 조롱을 꼭 껴안은 채 눈 위에 털썩 주저앉아 뜨거운 눈물을 펑펑 쏟으며 울기 시작했다.

6

　다음날 위니는 학교에 오지 않았다. 그 다음날도 마찬가지였다. 그 다음 며칠 동안도 계속 그랬다. 또 토라졌겠지 하는 생각에 나는 소식을 물으러 가지도 않았다. 그땐 나 역시 토라져 있었으니까. 내가 토라질 차례도 되었다. 위니는 결국 다시 올 것이었다. 늘 그랬으니까. 그런데 이번엔 아니었다. 꼬박 한 달 동안, 학교에서도 다른 어느 곳에서도 나는 위니 베를링고의 소식을 듣지 못했다. 한 달이 흐르는 동안 크로쉬 선생님의 태도도 눈에 띄게 변했다. 그렇게 연세가 드시고 경험도 많은 분께서 위니 베를링고의 빈자리를 바라보며 땅이 꺼지게 한숨을 쉬는 모습쯤이야 놀랄 일도 아니었다. 질문 시간이 되면, 선생님은 늘 뭔가 희망 어린 표정으로 고정된 한 지점을 바라보곤 하셨다. 아마도 산수 시간마다 딴 생각에 정신이 팔려 몽상에 잠겨 있는 위니를 발견하리라는 희망에서였을 것이다. 그러나 선생님의 시선이 교실 한 구석의 빈자리를 확인하는 순간, 선생님의 얼굴은 이 세상에서 가장 불쌍하게 일그러지고 마는 것이었다. 그러던 어느 날 아침, 마침내 선생님은 무너지셨다. 선생님은 여느 때처럼 책상에 앉으셨는데, 계속 비어 있는 위니의 자리가 눈에 띄자 부리나케 교실 밖으로 나가셨고, 뒤이어 쾅 하고 문이 닫혔다. 깜짝 놀란 친구들과 나는 그 자리에 얼어붙었고, 문 밖 복도에서 숨죽인 흐느낌 소리가 들려오자 우리의 놀라움은 한층 더 커졌다. 그리고 얼마간 시간이 지나자 아무 소리도 들리지 않았다. 반 친구들 중 하나가 자리에서 일어나 조심스럽게 문을 열었다. 우리는 교장 선생님과 자습감독 선생님이 소곤거리는 목소리를 들을 수 있었다. 드문드문 들려온 대화의 내용은 이랬다. "그토록 신중한 분께서…… 경력만도 자그마치 사십 년인데, 말이 안 돼요. 그런 모습은 한 번도 본 적이…… 그분이 그러실 거라곤 도저히 생각할 수도……" 등등.

문을 열었던 애가 부리나케 다시 제자리로 돌아와 앉았다. 자습감독 선생님이 오고 계셨기 때문이다. 선생님은 열린 문 사이로 텁수룩한 머리를 들이밀더니 이렇게 선언하셨다.

"자유시간이다. 나가거라."

그리고 사라져버렸다.

그 말을 이해할 만큼의 침묵이 흘렀고, 그런 다음 모두 "우와!" 함성을 지르면서 자리에서 일어났다. 그리고 교실 밖으로 질풍처럼 달려 나갔다. 모범수로 풀려난 죄수들처럼. 나만 빼고는 모두 그랬다. 나는 내 자리에 똑바로 앉아서 뚫어져라 앞만 바라보았다.

나는 생각했다.

'오늘 저녁에 위니를 보러 가야지. 그애랑 화해를 할 거야.'

가련한 미치광이! 내가 바로 그 꼴이었다. 나는 미친 듯이 아파트 문을 두드렸지만 안에서는 아무런 기척도 없었다. 적어도 서른 번은 두드렸을 것이다. 경비 아주머니가 다음과 같은 사실을 알려줄 때까지 말이다.

"떠난 지 벌써 삼 주나 됐는걸. 너 모르고 있었니?"

떠났다니! 얼음처럼 차가운 물 한 동이가 목덜미에 쏟아진 듯한 느낌이었다. 위니가 내게 작별 인사도 안 하고 떠났다고? 경비 아주머니는 내게 말을 하면서 줄곧 분홍색 껌을 짝짝 씹어댔다. 껌이 아줌마의 숨통을 콱 막아버렸으면 싶었다.

"떠났다고요? 어디로요? 오래 걸린대요? 얼마나 있다 돌아온대요?"

아주머니는 앞치마 호주머니에 두 손을 넣은 채로 어깨를 으쓱했다.

"몰라. 어쨌든 오래 걸릴걸. 가방을 많이 가져가더라구. 어디로 간다는 말은 없었어. 나도 물어보지 않았고. 그럼 잘 가."

그리고 아주머니는 돌아서서 자기 집으로 들어가버렸다.

바로 그 순간 나는 지구 전체를 증오했다. 나는 경비 아주머니가 미웠고, 그녀가 씹던 껌이 미웠고, 크로쉬 선생님이 미웠고, 미스 티포트가 미웠고, 누구보다도 위니 베를링고가 미웠다. 위니는 나를 배반한 것이다. 내게 작별 인사도 하지 않고, 나만 혼자 남겨두고 떠나버렸다. 위니…… 위니…… 위니……

나는 조금씩 위니를 잊기로 마음먹었지만, 그건 참 힘들었다. 사실, 그애를 정말로 잊어본 적은 단 한 번도 없었다.

나는 자랐다. 그리고 대학입학 자격시험에 우수한 성적으로 합격했다. 대학 공부 역시 훌륭하게 해냈다. 그러고 나서? 그러곤 그만이었다. 내 생활은 따분해졌고, 나 역시 따분해졌다. 나의 빨간 빛을 잃어버렸기 때문이다. 이따금 나는 위니가 내게 이야기해준 황당한 모든 것들, 아마존과 아일랜드의 요정들, 고약한 땅귀신들 따위를 나도 모르게 생각하고 있다는 사실을 문득 깨달았다. 하지만 서둘러 이런 생각들을 털어버렸다. 내 나이 스물다섯, 역사 선생님이 되기 위한 시험을 준비하던 어느 날이었다. 우연히 어떤 신문기사를 읽게 되었는데, 갑자기 가슴이 두방망이질하듯 마구 뛰기 시작했다. 그녀에 관한 기사였다. 그녀는 아주 유명한, 사랑받는 클라리넷 연주자가 되어 있었다. 그녀는 열여덟 살이 되어 베를링고 드 카라멜무 집안의 막대한 재산을 상속받은 후, 세계여행을 떠났다고 했다. 아마존에도 갔고 아일랜드, 알래스카, 와가두구(그녀는 이 이름을 아주 좋아했다)에도 갔다고 했다. 그런 다음 고향으로 돌아와 클라리넷 연주자가 되었다는 것이다. 신문기자들은 그녀가 엄청난 재능을 지녔다고 이구동성으로 말했다. 그런데도 그때까지 아무도 그녀를 인터뷰하지 않았던 이유는, 그들 말로는, 그녀가 너무 횡설수설해서 신문에 실을 수가 없었기 때문이다.

나는 그녀에 관한 기사들을 전부 오려내어 수집했다. 그러던 중 내가 사는 도시의 작은 극장에서 그녀의 연주회가 열린다는 기사를 보았다. 나는 공부는 일단 뒷전으로 제쳐놓고 갖은 애를 써서 연주회 표를 구했다. 제일 앞줄 좌석으로.

위니가 조명을 받으며 무대 위에 나타났을 때, 나는 그녀의 당당함과 아름다움에 깜짝 놀랐다. 전보다 더 불타는 듯한 빨간 머리카락이 붉은 폭포처럼 어깨 위로 흘러내렸고, 은빛 드레스를 입은 몸에서는 반짝반짝 빛이 났다. 그녀는 맑고 청순한 목소리로 노래를 불렀고, 클라리넷을 기막히게 연주했다. 기자들이 잘못 짚은 게 아니었다. 그녀의 재능은 정말 대단했다. 연주가 끝나자, 나는 제일 먼저 일어나 박수를 쳤다. 나의 외침과 박수 소리는 청중 가운데서 가장 컸다. 막이 내리자, 나는 예술가 위니를 만나기 위해 황급히 무대 뒤로 달려갔다. 그녀는 끊임없이 찬사를 쏟아내는 한 무리의 팬들에게 둘러싸여 있었다. 그녀는 약간 얼굴을 붉힌 채 겸손한 미소를 띠고 칭찬을 받아들였다. 그런 다음 동의를 구하고 분장실로 들어가버렸다. 나는 그녀의 뒤를 따라갔다. 그리고 목소리를 가다듬은 후 가볍게 세 번 문을 두드렸다.

"들어오세요."

나는 들어가서 문을 닫았고, 아무 말도 하지 않았다. 그녀의 반응만 기다렸다.

위니는 "프레드!" 하고 외치면서 내 목을 껴안았다.

그녀에게서 정다운 오렌지와 계피 냄새가 났다. 어렸을 때의 그녀에게서도 비슷한 냄새가 났다. 그 냄새가 나를 십오 년 전으로 돌아가게 만들었다.

"나 너한테 할 얘기가 무진장 많아!"

그녀는 몹시 들떠서 말했다.

"너도 그럴 거야. 그런데 여기 말고 다른 데 가서 이야기하자. 가자, 내가 널 식당으로 초대할게."

그녀는 정장 차림으로 가야 하는 꽤나 고급스러운 식당을 골랐다. 우리는 촛불을 켜놓고 식사를 했다. 위니가 아일랜드에서 만난 요정들 이야기며, 아마존에서 타잔과 함께 한 모험들, 땅귀신 때문에 겪은 좋지 못한 사건들에 대해 이야기하는 동안 나는 홀린 듯이 그녀를 바라보았다. 위니는 어른이 되었고 변했지만, 그래도 변함없이 똑같은 위니였다. 어린아이의 마음을 지닌 무척이나 매혹적인 젊은 여자였다. 위니는 손짓 몸짓을 마구 섞어가며 굉장히 빠른 속도로 말했다. 나는 내 빨간 빛을 되찾은 것이다.

"그런데 또 나만 말했구나. 넌 아직 너에 대해서 한마디도 하지 않았는데 말이야. 프레드, 지금처럼 내가 말을 너무 많이 하면 중단시

켜줘."

"난 절대 그렇게 못 해."

나는 웃으면서 말했다.

"난 네 목소릴 듣는 게 좋아. 넌 클라리넷에도 재주가 상당하더라."

그녀는 부드럽게 웃었다.

"바르바바바의 영감 때문이야."

나는 심호흡을 한 다음 묻어두었던 질문을 던졌다.

"위니, 왜 나를 혼자 남겨두었니? 나한테 작별 인사도 없이?"

"나는……"

"내가 지겨웠니?"

"아니야!"

그녀는 거의 부르짖다시피 소리를 질렀다.

"네가 아니었어, 프레드. 너 때문이 아니었단 말이야."

"그럼 무엇 때문이었는데? 누구 때문이었는데?"

"왜 그랬냐 하면…… 앙탈레리아."

"앙탈레리아? 앙탈레리아 비스코트 부인?"

그녀는 눈을 내리깔았다. 나는 위니가 울려는 줄 알았다. 그러나 위니는 울지 않았다. 천만에, 당치도 않았다. 나는 화가 치밀어올라 숨이 막힐 것만 같았다.

"위니, 그런 여자는 없다는 걸 너도 알고 있어. 존재했던 적도 없어. 가구 위에 덮여 있던 덮개며, 먼지, 문에 걸린 녹슨 자물쇠…… 모든 걸 네 눈으로 직접 보았잖아."

그러자 그녀는 테이블보를 만지작거리면서, 마치 혼잣말을 하듯 아주 낮은 목소리로 이렇게 말하는 것이었다.

"아줌마는 네가 이해할 수 없을 거랬어. 그래도 언젠가는 이해할 거라고 말씀하셨는데……"

그녀는 나를 똑바로 쳐다보면서, 괴로운 미소를 지으며 말을 이었다.

"그런데 아줌마가 잘못 생각하신 것 같아. 넌 절대 이해하지 못해. 정말 유감이야. 내가 착각했나봐."

난 더이상 참을 수가 없었다. 그래서 버럭 소리를 질렀다. 식당 손님들의 시선이 모두 내게로 쏠리는 것 따위는 안중에도 없었다.

"뭘 이해해야 하는 건데? 나는 죄다 이해할 수 있어, 위니. 내게 그럴 기회를 준다면, 설명을 해준다면!"

그녀는 한숨을 쉬었다.

"좋아, 프레드. 그럼 너한테 한 가지 물어볼게. 만일 내가 지금 여기서 너한테 나하고 함께 달에 가자고 한다면, 그리고 내가 그렇게 할 수 있는 방법을 안다면, 나랑 함께 갈 거니?"

나는 그 자리에 얼어붙었고, 아무런 대답도 할 수 없었다. 이 어처구니없는 제안은 그 동안 갈고 닦아온 나의 과학적 사고를 모욕하는 것이었다. 그녀는 애원하는 눈길로 잠시 나를 바라보았고, 내가 아무런 대답도 하지 않자 떨리는 입술을 실룩거리면서 테이블 위에 돈을 놓고는 나가버렸다.

그후 다시는 위니를 보지 못했다. 그 만남이 있은 후, 그녀는 아무런 설명도 없이 클라리넷 연주를 그만두었다. 그리고 하느님만이 아시는 곳으로 물러나버렸다. 이제 나는 몹시 늙고 지쳤다. 언젠가 그녀를 다시 보게 되리라는 희망도 이제는 남아 있지 않다. 아마도 다음 생에서나 만나게 되겠지. 내가 이 세상에서 결코 이해하지 못했던 것을 그땐 설명해주겠지.

7

위니 베를링고는 기다렸다. 에메랄드빛 녹색 담쟁이 덩굴이 늘어진 현관 지붕 아래 놓인 흔들의자에 앉아, 꽃이 만발한 사과나무를 바라보면서 천천히 흔들리고 있었다. 그녀의 빨간 머리는 이제 백발이 되었고, 주근깨는 볼에 잡힌 주름 사이로 사라져버렸다. 그녀는 쭈글쭈글해진 손으로 살굿빛 원피스의 매무시를 가다듬었다. 그녀는 한껏 멋을 낸 차림이었다. 오늘 밤은 특별한 밤이기 때문이었다. 구름 한 점 없는 하늘에서 달이 환등기처럼 환한 빛을 비추고 있었다. 그녀는 기다렸다. 그녀는 백발의 머리를 흔들의자의 등받이에 기댄 채 잠시 두 눈을 감았다. 그리고 자신의 지난 한평생을 생각했다. 프레드도 생각했다. 그러자 입가가 절로 실룩였다. 아, 프레드. 잠시 후 그녀는 차츰 평정을 되찾았고, 어린 시절의 이런저런 수많은 장면들을 떠올리면서 마음을 달랬다. 특별히 불평할 만한 일은 없었다. 그런데도 어쩐지 입

안에 씁쓸한 뒷맛이 느껴졌다. 그녀는 날갯짓 소리에 몽상에서 깨어났다. 그리고 작은 체크무늬 가방을 집어들고 밝은 달빛에 은은하게 빛나는 은날개가 달린 욕조로 다가갔다. 막 욕조에 올라타려는 순간이었다. 그녀는 누군가 자신의 이름을 부르는 소리를 들었다.

"위니!"

아마도 꿈을 꾸고 있는 거겠지 싶었다.

"위니!"

그녀는 친구 프레드 뮈슬리가 낡은 푸른색 잠옷을 입고 지팡이에 의지한 채 자신에게로 걸어오는 것을 보았다. 그는 그녀 옆에 와서는 숨을 헐떡이면서 말했다.

"내 대답은 '그래' 야."

"무엇에 대한 대답?"

"네 질문에 대한 대답이지. 만일 네가 지금 여기서 함께 달에 가자고 한다면, 그리고 네가 그 방법을 알고 있다면, 그래, 나는 너와 함께 가겠어."

위니는 마치 무거운 짐을 내려놓기라도 한 듯, 후유 하고 깊은 한숨을 내쉬었다. 입 안에 남아 있던 씁쓸한 뒷맛도 사라졌다. 그녀는 미소를 지었다. 해님처럼 활짝 미소를 짓자, 양볼에는 쉼표 같은 보조개가 패었고 주름이 사라지면서 다시 주근깨들이 나타났다. 위니 베를링고는 불타는 듯한 빨간 곱슬머리와 웃음 짓는 커다란 연녹색 눈을 가진 조그만 소녀로 되돌아갔다. 프레드 뮈슬리는 미소를 지었다. 그 역시 새까만 머리와 동그란 안경 너머로 보이는 영리한 밤색 눈을 가진 호리호리한 작은 소년으로 되돌아갔다.

    그들이 손을 잡고 은날개가 달린 욕조로 기어올라가자, 그들을 실은 욕조는 달을 향해 날아가기 시작했다.

구름에서 온 아이

콜랭은 커다란 쇼핑센터에서 일했다. 그가 하는 일은 손님들이 모두 돌아간 후, 센터 안에 있는 슈퍼마켓을 청소하는 것이었다. 그는 우수 어린 녹색 눈에 금발을 가진 남자였는데, 애써 미소를 지을 때조차 슬픈 기색이 역력했다. 그에겐 부모도 가족도 자식도 없었다. 하늘을 쳐다보는 일도 없었다.

12월 24일 밤, 센터의 문이 닫힌 후였다. 콜랭은 아동도서 코너 부근에서 누군가 작은 목소리로 노래부르는 소리를 들었다. '그럴 리가 없어' 하고 그는 생각했다. '이 시간에 손님이 있을 리가 없는데, 도대체 누구지?'

그는 대걸레를 집어들고, 노랫소리가 들리는 곳으로 살금살금 다가갔다. 목소리는 바람 소리보다 조금 컸지만 무척 맑았다. 그래서 침묵에 익숙한 콜랭이 아닌 다른 사람의 귀에도 틀림없이 들렸을 것 같았다. 콜랭은 미국 추리소설 판매대 뒤쪽으로 접어들었다가 노래하는 어린 여자 아이와 느닷없이 코를 맞닥뜨리게 되었다. 아무튼 '코를 맞닥뜨리게' 라는 표현은 조금 지나친데, 왜냐하면 문제의 여가수는 키가 겨우 물방울 세 개 정도에 불과한 반면 콜랭의 키는 아주 컸기 때문이다. 어린 여자 아이는 천진난만한 호기심이 어린, 뭐라 표현할 수 없는 표정으로 그를 바라보았다.

비가 올 듯 잔뜩 찌푸린 하늘처럼 잿빛을 띤 커다란 두 눈, 우윳빛 피부, 발그레한 두 볼, 결이 곱고 숱이 많은 연한 금발 머리, 이런 특징들이 안개 같은 후광이 되어 아이의 얼굴을 에워싸고 있었다. 바깥 세상은 꽁꽁 얼어붙어 있는데, 아이는 이슬비처럼 가볍고 소매도 없는 하늘빛 원피스를 입고 있었다. 아이는 시간을 두고 천천히 콜랭의 얼굴을 뚫어지게 쳐다보았고, 콜랭 역시 평온하게 입을 다물고 있었다. 마침내 아이가 맑은 목소리로 콜랭에게 인사를 했다.

"안녕하세요? 우리 아빠가 돼주실래요?"

콜랭은 무척 난처했다.

"이봐, 애야, 넌 여기 있으면 안 돼. 널 우리집으로 데려갈 수 도 없고…… 음, 보자…… 보통 때 누가 널 돌봐주시지? 혹시 엄마 아빠가 안 계시니?"

"아저씨도 엄마 아빠가 안 계시면서."

아이는 별로 반감도 없이 똑바로 콜랭을 쳐다보면서 나지막하게 대꾸했다.

콜랭도 한동안 물끄러미 아이를 바라보았다. 얘가 어떻게 알았지? 크고 맑은 눈에서는 어린아이의 천진난만함 말고는 다른 어떤 기미도 읽어낼 수가 없었다.

"넌 어디서 왔니? 허, 참."

"펜. 내 이름은 펜이에요."

"펜, 넌 어디서 왔니?"

어린 소녀는 손가락을 들어 천장을 가리켰다.

"이봐."

콜랭이 조바심을 내며 말했다.

"난 너랑 한가하게 노닥거릴 시간이 없단다. 수수께끼 놀이를 할 시간도 없어. 어린이 보호 단체에 전화를 해야겠구나……"

"아뇨, 아저씬 시간이 충분해요. 센터 문도 닫힌 걸요. 그리고 아저씬 전화 걸지 않으실 거예요."

"좋아, 어디 두고 보면 알겠지."

콜랭은 이 낯선 아이가 조금 무서워지기 시작했지만, 될 수 있는 한 그런 티를 내지 않았다. 그러나 전화기를 들었다가 힘없이 다시 내려놓을 수밖에 없었다. 신호음이 떨어지지 않았기 때문이다. 그는 황급히 비상구로 달려가 문을 열어보려 했지만 그것도 허사였다. 안에 갇혀버린 것이다. 사람들이 그를 깜빡 잊은 것 같았다. 눈물이 절로 흘러내렸다. 그때였다. 이슬처럼 산뜻한 백옥 같은 손이 그의 손을 잡더니, 맑은 목소리가 그의 귓가에 노래하듯 이렇게 속삭이는 것이었다.

"괜찮아요. 여기 갇히지 않았다면 아저씬 지저분하고 음산한 아파트에서 혼자 크리스마스를 보내실 게 뻔한데요, 뭐. 난 많은 걸 바라지 않아요. 그저 아빠 하나면 돼요. 우리 아빠가 돼주실래요, 콜랭 아저씨?"

콜랭은 아이의 모호한 눈빛에서 뭔가를 읽어내려고 다시 애써보았지만, 여전히 아무것도 알아낼 수가 없었다. 할 수 없이 콜랭은 아이에게 물었다.

"내 이름은 어떻게 알았니?"

"나는 아는 게 많아요. 하지만 아빠가 뭔지는 몰라요. 그런데 아저씬 아직 내 말에 대답을 안 했어요."

콜랭은 아이의 눈을 주의 깊게 바라보았다. 아이의 눈은 콜랭이 어렸을 때 해질 무렵 해변에서 바라보던 잔잔한 잿빛 바다를 떠올리게 했다. 바닷가의 모래는 콜랭이 쥐고 있는 이 작은 손처럼 산뜻했고, 공기는 따스했으며, 가벼운 미풍이 살갗을 부드럽게 어루만져주곤 했다. 펜의 두 눈을 바라보는 콜랭은 기분이 참 좋았다. 그는 한참을 멍하니 꿈꾸듯 있다가 느닷없이, 깊이 생각할 겨를도 없이 대답해버리고 말았다.

"그래, 좋아."

그러자 펜은 미소를 지었고, 그 미소는 한줄기 햇살이 되어 안개를 뚫고 비쳤다. 콜랭은 참으로 오랜만에 행복감을 느꼈다.

그날 밤 그는 미친 듯이 즐겁게 놀았다. 마침 영문 모를 기적이 일어나 감시 카메라가 모두 꺼져버린데다가 센터를 지키는 경비원도 없

었다. 두 사람이 왕이었다. 그들은 회전목마
를 탔고, 상점에 진열된 최신식 멋진 장난
감들을 가지고 놀았고, 돌차기, 구슬치기,
'비둘기가 난다' 놀이,* '고양이와 쥐' 놀
이, 그리고 술래잡기를 했다. 그러고 나자
둘은 배가 고프다는 데 생각이 미쳤다. 그들
은 밤을 넣은 칠면조 요리와 플라스틱 난쟁이들을 얹은 장작 모양의
케이크를 훔쳐먹었다.

디저트를 먹는 동안 펜은 콜랭의 이야기를 듣고 싶다고 졸랐다.

"뭐 하러? 넌 나에 대해 벌써 많이 아는 것 같은데……"

"얘기해줘요. 부탁이에요."

"무슨 얘길 하지? 난 스물일곱 살이란다. 열 살 때 비행기 사고로
부모님이 돌아가셨어. 그래서 청소년기를 고아원에서 보냈지. 난 혼자
살았고, 혼자 살고 있어. 즐거운 일은 아무것도 없고."

그는 고통스러운 듯 아주 잠깐 웃음을 지었다. 펜은 그를 쳐다보았
다. 그러자 그의 눈에 다시 바다가 보이고, 오래 전부터 쳐다보지 않던
하늘이 다시 보이는 것이었다. 그리고 새롭게 행복감이 밀려들었다.

"혼자가 아니에요. 한 번도 혼자가 아니었어요. 난 아빠를 알아요.
내가 아빠와 함께, 아빠를 위해 여기 있는 걸요."

---

* 한 사람이 '비둘기가 난다' 라고 말하면 다른 사람이 손가락을 드는 놀이. '테이블이 난
다' 거나 '돼지가 난다' 라고 말할 때 손가락을 들면 안 된다.

“계속 얘기해봐……”

졸음이 몰려와 눈꺼풀이 감기면서 콜랭이 중얼거렸다.

그의 귀에는 멀리서 속삭이는 듯한 목소리가 들릴 따름이었다.

“요 몇 해 동안 나는 계속 아빠를 돌봐왔어요. 잠드세요, 콜랭. 난 아빠 부모님이 아빠에게 주지 못한 사랑이에요. 난 아빠를 위해 구름에서 왔어요. 잠드세요, 콜랭. 푹 자요. 난 아빠를 사랑해요. 아빠를 돌봐드릴게요.”

이윽고 콜랭은 완전히 잠이 들어버렸다.

“콜랭! 오, 콜랭! 일어나, 이 친구야! 아니 이럴 수가, 자고 있잖아! 콜랭!”

그는 눈을 떴다. 야간 경비원인 그레구아르의 얼굴이 안개를 헤치고 떠올랐다.

“어찌 된 건가, 자네. 자주 이래?”

“무슨…… 무슨 일이 있었는데요?”

“자네 갑자기 ‘잠자는 센터의 아름다운 왕자’ 놀이를 하고 싶어졌나보군. 그저 설핏 풋잠을 잤을 뿐이야. 그런 거야 어쨌든 상관없네만, 자네가 가지 않으면 내가 곤란해진단 말일세. 자, 어서 가게나!”

“지금 몇 시예요?”

“열두시 오분. 메리 크리스마스! 자, 어서, 서둘러.”

“잠깐만. 제 물건 좀 챙길게요.”

“오케이, 하지만 오래 걸리면 안 돼, 알았지?”

콜랭은 대걸레와 양동이를 창고 안에 넣고 나서, 아동도서 코너를 한 바퀴 돌아보기로 작정했다. 그곳에 가니 뭔가 눈에 띄었다. 바닥에 책 한 권이 떨어져 있었다. 콜랭은 그 책을 집어서 제목을 보았다. 책의 제목은 '구름에서 온 아이'였다. 첫 장을 펼쳤다. 이야기는 이렇게 시작되고 있었다.

콜랭은 커다란 쇼핑센터에서 일했다. 그가 하는 일은 손님들이 모두 돌아간 후, 센터 안에 있는 슈퍼마켓을 청소하는 것이었다. 그는 우수 어린 녹색 눈에 금발을 가진 남자였는데, 애써 미소를 지을 때조차 슬픈 기색이 역력했다. 그에겐 부모도 가족도 자식도 없었다. 하늘을 쳐다보는 일도 없었다.

나뭇가지와 바람

옛날 옛적에 나무꾼과 그의 아내가 살았다. 그들에겐 자식이 없었다. 하루는 아내가 채소밭에서 일하고 있는데, 하트 모양의 씨앗이 바람에 날아다니는 것이었다. 아내는 그 씨앗을 붙잡아 블라우스 속에 소중하게 간직하고는 아무에게도 심지어 남편에게도 말하지 않았다. 그날 저녁, 아내는 그 씨앗을 다려서 마셨다. 시간은 흘러서 봄이 왔고, 아들이 태어났다. 나무꾼은 미친 듯이 기뻐했다. 그러나 아이를 보는 순간, 나무꾼의 기쁨은 순식간에 사라져버렸다. 아기는 겨우 나무꾼의 손 크기만 한데다가 허약하여 영양실조에 걸린 가냘픈 요정 같았던 것이다.

"뭐야! 어떻게 이럴 수가?"

나무꾼은 소리를 질렀다.

"이건 우리 아들이 아니야. 이건 우표라고! 그것도 새끼손가락처럼 작은 미니 우표라고! 당신, 진짜 나무꾼인 날더러 이 조그만 우표만 한 아이로 뭘 어쩌라는 거야?"

나무꾼이 아내에게 거칠게 아기를 돌려주자 아기는 울기 시작했고, 그는 투덜거리면서 나가버렸다. 나무꾼의 아내는 두 볼에 눈물이 줄줄 흘러내렸지만, 그래도 아기에게 뽀뽀를 하고 쓰다듬어 달래면서 자장가를 불러주었다.

밖엔 바람이 불고 별들이 빛나지
자거라, 내 작은 아가, 자거라, 내 나뭇가지야
밖은 밤이란다, 예쁜 달님이 떴지

자거라, 내 작은 아가, 자거라, 내 나뭇가지야

시간은 흘렀고, 아들이 아빠의 뒤를 잇기 바라는 나무꾼의 희망도 점차 사라져갔다. 두 방향, 즉 위와 옆으로 자라는 대신 아이는 위로만 자라고 또 자랐다. 그래서 가냘프고 허약한 골격은 태어날 때 그대로 변함이 없었다. 사람들은 아이를 나뭇가지라 불렀고, 그 이름은 아이에게 썩 잘 어울렸다. 아이는 바람의 날개가 나뭇잎 사이에서 살랑대는 소리를 듣거나, 보릿단들이 박자에 맞춰 허리를 굽히는 모습을 바라보거나, 소용돌이치는 낙엽과 더불어 춤을 추면서 시간을 보냈다.

하루는 나무꾼의 아내가 보는 앞에서 이상한 일이 일어났다. 창문 밖을 보니, 나뭇가지가 아주 높은 나무 위로 올라가는 것이었다. 그 나무는 어찌나 높은지 꼭대기가 구름을 스칠 정도였다. 아이는 가느다란 가지를 골라잡고는, 입가에 미소를 띠고 가볍게 한 발을 굴러 꼭대기까지 올라갔다. 그러더니 그 다음엔…… 허공으로 몸을 던지는 것이었다! 나무꾼의 아내는 비명을 지르려 했지만 너무 놀라 입에서 소리가 나오지 않았다. 나무꾼의 아내는 울면서 머리를 쥐어뜯었다. 그런데 바로 눈앞에 아이의 금발 머리와 기쁨이 가득한 얼굴이 나타나는 것이 아닌가. 뒤이어 아이의 몸 전체가 공중에 둥둥 떠 있는가 싶더니, 바람이 아이의 몸을 가볍게 흔들고 어르면서 아주 살며시 문지방에 내려놓는 것이었다. 나무꾼의 아내는 그만 정신을 잃고 말았다. 정신이 든 후에도 아내는 아무에게도 이 사건에 대해 입을 열지 않았다.

그 일이 있은 후, 아들에 대한 그녀의 태도는 변했다. 그녀는 마치 무언가를 기다리는 것 같았다. 무슨 일인가를 두려움에 떨며 기다리는 듯싶었다. 그리고 마침내 두려워하던 그 일이 일어나고야 말았다. 어느 날 저녁, 나뭇가지가 그녀를 찾아 화덕 옆으로 왔다. 그녀는 겨울철에 입을 옷가지를 뜨개질하고 있었다.

"어머니."

그가 나직한 목소리로 불렀다. 그의 두 눈에는 예사롭지 않은 빛이 반짝이고 있었다.

"저는 바람과 산들바람, 폭풍과 사랑에 빠졌어요. 내 삶을 그들과 함께하고 싶어요."

나무꾼의 아내는 한숨을 쉬었다. 무거운 짐을 마음에서 내려놓기라도 한 듯이. 하지만 동시에 그녀는 마음에 엄청난 고통을 느꼈다.

"아들아, 내일 떠나도록 해라."

그녀는 간단히 말했다.

"저 함 속에 네 물건들을 꾸려놓았다. 길을 가면서 먹을 식량도 주마. 지금은 가서 자거라. 잠을 좀 자두어야 할 거야."

나뭇가지는 어머니의 볼에 뽀뽀를 한 뒤 자러 갔다. 나무꾼의 아내는 화덕 옆에서 소리없이 흐느껴 울었다.

다음날 나뭇가지는 떠났다. 나무꾼의 아내는 떠나는 아들을 망연히 바라볼 수밖에 없다.

그는 우선 아무도 살지 않는 추운 고장으로 통하는 북쪽 길로 들어섰다. 북풍이 그의 귓가에 속삭였다.

"나뭇가지야, 내가 널 데려다줄게. 난 북풍이야. 힘이 세고 권력도

막강하지. 나를 당할 것은 아무것도 없단다. 나와 함께라면 넌 행복할 거야."

나뭇가지는 북풍에게 자신의 몸을 맡겼다. 그런데 북풍은 얼음처럼 차가워서 얼마 안 있어 나뭇가지의 몸은 꽁꽁 얼어붙고 말았다. 몸이 얼어붙자 너무 무거워졌기 때문에, 북풍은 그를 바다에 떨어뜨릴 수밖에 없었다. 바닷물은 훨씬 따뜻한 바다로 그를 실어다주었고, 그는 다시 살아났다. 때마침 그곳을 지나던 열대의 산들바람이 그의 귓가에 달콤한 말들을 속삭였다.

"나뭇가지야, 나와 함께 가자. 난 열대의 산들바람이야. 내가 널 녹여줄게. 그리고 가장 아름다운 나라들도 보여줄게. 나와 함께라면 넌 행복할 거야."

나뭇가지는 승낙하고 열대의 산들바람에 몸을 맡겼다. 따뜻한 산들바람은 처음엔 북풍 때문에 생긴 나뭇가지의 상처를 낫게 해주었다. 그러나 얼마 안 있어 그의 숨결은 몹시 뜨거워졌다. 나뭇가지는 고함을 질렀다.

"내려줘! 날 내려줘!"

뜨거운 산들바람은 나뭇가지의 간청에 못 이겨, 울퉁불퉁한 진흙탕에 그를 내려주었다. 그곳에는 나무들도 대수롭지 않게 부러뜨리는 사나운 폭풍이 휘몰아치고 있었다. 폭풍이 나뭇가지의 귀에 씽씽 소리를 내며 말했다.

"나는 소란스럽고 열정적인 폭풍님이시다. 나와 함께 가자. 넌 심심하지 않을 거야."

그는 승낙했다. 그러나 곧 자신이 실수했음을 깨달았다. 폭풍은 위력적이었다. 나뭇가지는 하마터면 몸이 토막날 뻔했다.

폭풍의 맹렬한 기세가 점차 약해지더니, 이윽고 가라앉았다. 언제 그렇게 폭풍이 불었는가 싶을 정도였다. 나뭇가지는 이제 아득히 펼쳐진 평원 위에 있었다. 그는 주위를 둘러보다가 초록색 풀숲에 들어가 울기 시작했다. 그는 혼자였다. 바람에게 이렇게 버림을 받았던 적은 한 번도 없었다. 그는 하늘을 향해 고개를 들고 죽게 해달라고 빌었다. 더이상 살아야 할 이유가 없었다. 그런데 갑자기 머리칼이 부드럽게 움직이는 게 느껴졌다. 그리고 어떤 수줍은 목소리가 이렇게 속삭이는 것이었다.

"저, 난 말이지, 보잘것없는 봄바람일 뿐이야. 난 힘이 세지 않으니까 널 아프게 하지도 않을 거야. 나하고 함께 갈래?"

나뭇가지는 미소를 짓고 눈물을 닦으면서 대답했다.

"응."

그러자 봄바람은 젊은이의 금빛 머리카락을 흩날려 야윈 두 뺨을 다정히 어루만져주었다. 봄바람은 그를 감싸고 천천히 부드럽게 어르다가, 마침내 그를 땅에서 들어올렸다. 나뭇가지는 처음으로 가슴 충만한 기쁨을 느꼈다. 마침내 자신의 바람을 찾아낸 것이다. 그는 자신의 바람을 위해서 태어난 것이다, 오직 그 바람만을 위해서. 북풍을 위해서도, 열대의 산들바람을 위해서도, 폭풍을 위해서도 아니었다. 나뭇가지와 그의 바람, 이 둘은 영원히 헤어지지 않고 끝없이 세상을 돌아다녔다.

이 이야기는 영원히 끝나지 않을 것이다.

바질·ㅣ크의 ·ㅓ·ㅣ없는 재판

어디에도 없는 곳 한가운데 있는 어두운 방이다.

어디냐고? 다른 세상이다.

언제냐고? 그런 건 전혀 중요하지 않다. 이런 곳에선 시간이 아무
런 의미도 없으니까.

수상한 사람 둘이 어둠 속에서 속닥거리고 있다. 귀를 기울여볼
까? 몰래 무슨 일을 꾸미고 있는지 알아봐야 할 테니 말이다.

갑자기, 누가 요청한 것도 아닌데, 인공 태양이 켜지더니 방 안에
빛이 들어찼다, 두 사람의 모습이 보인다. 한 사람은 분칠한 괴상하고
우스꽝스러운 가발을 쓰고 엄격해 보이는 눈썹을 한 뚱뚱한 남자이고,
다른 한 사람은 분필처럼 하얀 얼굴 한복판에 매부리코가 떡하니 들어
앉은 키가 크고 마른 사람이다. 두 사람 다 검은 옷을 입었다. 아직 우

리의 존재를 모르는 것 같다. 그렇다면 어디 그들이 무슨 말을 하는지 한번 들어볼까? 아마도 그들은 심각한 일로 고민하고 있는 것 같다.

"말도 안 돼, 그런 일은 있을 수 없단 말이오!"

뚱뚱한 사람이 요란한 몸짓을 섞어가며 고래고래 소리를 지른다.

"난 웃음거리가 될 거요. 유명한 이 들루아* 판사가 그런 판결을 내리다니! 그뿐이 아니오. 그건 법조계의 수치가 될 거요! 이봐요, 흡혈귀 검사, 이게 농담이라면 좋겠소! 맞아, 이건 끔찍한 농담이오. 난 이 소송을 맡지 않겠소!"

"유, 유감스럽습니다."

흡혈귀 검사는 더듬으며 말했다.

"하, 하지만 이 소송은 시, 시작돼야 합니다. 이런 부류의 사, 사, 사람은 철창 소옥에 들어가야 한단 말이에요오!"

들루아 판사가 한숨을 내쉬면서 체념한다.

"그렇다면, 좋소."

그는 큰 실수를 저지르고 있음을 아는 사람 특유의 체념한 태도였다.

"죄수를 데려오시오. 그리고 이 어처구니없는 소송을 가급적 신속히 처리하도록 하시오."

새로운 인물 하나가 헌병들에게 둘러싸여 입장했다. 그는 알록달록한 색깔의 옷을 입고 짝짝이 양말을 신고 있는데, 꽤 호감이 가는 인

---

* Deloi, 프랑스어로 '법(法)' 이라는 뜻.

상이다. 법정이 갖춰지는 동안 그는 사방을 두리번거리고 있다. 피고는 바로 이 사람이다. 그는 아주 중대한 범죄를 저질렀다. 아주 중대한 범죄를.

이 사람을 좀 보라. 그런데 전혀 범죄자처럼 보이질 않는다.

배심원들이 자리에 앉고 들루아 판사도 자신의 책상 앞에 앉는다. 그는 잠시 피고를 바라본 후, 위압적인 태도로 명령을 내린다.

"피고! 앞으로 나오시오."

갑자기 판사가 이리저리 눈을 굴린다. 어떤 서류를 찾는 듯싶은데, 서류가 나타나질 않는다. 그는 잠시 책상 전체를 뒤지다가, 마침내 서류를 발견하자 한 단어 한 단어 또박또박 큰 소리로 읽어내려갔다.

"피고는 환상과 상상력에서 나온 행위를 한 혐의, 그리고 수치스럽게도 수천 명의 아이들을 웃긴 혐의로 기소되었다. 자신을 변호하기 위해 할말이 있는가?"

피고가 부르짖는다.

"저는 죄가 없습니다, 재판장."

"재판장님이라고 부르시오. (들루아 판사가 눈살을 찌푸리며 말한다) 지금 당신이 무죄를 주장하는 거라고 이해해도 되겠는가?"

"그렇습니다, 전하. 이제 가도 되겠습니까?"

그가 '전하' 라고 부른 것은 재판장을 놀리기 위해서가 아니라 순전히, 전적으로 어린아이 같은 천진난만함에서 나온 말이었다. 그러나 들루아 판사는 어린아이들의 천진난만함을 이해하지 못했다. 그래서 화가 난 나머지 얼굴이 새빨개졌다.

"재판장님이란 말이오!"

그는 화가 치밀어올라 거듭 말한다.

"한 번만 더 그런 식으로 나온다면 재판은 끝장이오."

피고는 손을 들었다.

"뭐요?"

판사가 묻는다.

"화장실에 가는 것도 안 되나요?"

판사는 더이상 참을 수 없을 것 같아 보인다. 그의 두 뺨이 진한 보랏빛으로 변하고 있다.

"조용히 하시오, 피고! 질문에만 대답하도록 하시오! 여기 이 흡혈귀 검사에게 바른 태도로 답변하도록 노력하시오."

흡혈귀 검사가 앞으로 나온다. 피고는 천진한 미소를 띤 얼굴로 손을 살짝 흔들어 검사를 맞이한다. 하지만 검사는 그를 무서운 표정으로 쏘아본다.

"법정에서 허물없는 태도는 삼가시오. 자, 그럼 시작하시겠습니까?"

흡혈귀 검사는 판사에게 등을 돌린 채, 자신의 말이 감동적인 웅변으로 들리도록 법정을 향해 단호하고 노골적인 몸짓을 섞어가며 말한다. 그러는 그의 모습은 차라리 간질 발작을 일으킨 막대벌레와 흡사해 보이다. 그는 힘을 준 목소리로 말한다.

"재판장님, 그리고 신사 숙녀 배심원 여러분, 저는 우선 여러분 앞에 있는 이 가증스러운 환상가의 진상을 묘사해보고자 합니다. (그는 문제의 환상가를 향해 몸을 돌리면서 말한다) 당신의 성과 이름을 말하시오."

"바질 이크."

피고가 대답했다.

이 말을 듣자, 흡혈귀 검사의 태도는 완전히 돌변했다. 매끄럽고 희던 얼굴이 시뻘게지면서 증오심으로 일그러진 채, 손가락으로 바질 이크를 가리키며 입에 거품을 물고 고래고래 소리를 지른다.

"저자를 보십시오. 방금 저 환상가의 이름을 들으셨지요!"

흡혈귀 검사는 발을 동동 구르고 제자리에서 한 바퀴 돌면서 계속 고래고래 고함을 지른다.

"유죄, 유죄, 유죄!"

"진정하시오, 검사."

눈살을 찌푸리면서 들루아 판사가 끼어든다.

"체통을 지키세요! 그러니까…… 말하자면, 구체적인 질문을 하도록 하세요."

"하지만 보시는 그대로입니다, 재판장님!"

검사는 여전히 언성을 높여 말한다.

"이자를 좀 보십시오! 이 옷차림, 이 얼굴을 말이에요! 환상가예요! 그뿐인 줄 아십니까. 우린 이자의 옷을 벗기고 어처구니없는 분장을 지워보려 했습니다. 그런데 이자가 반항을 했단 말입니다. 여러분, 이런 인종은 말살해야 합니다! 이 세상에서 환상의 흔적을 말끔히 씻어내지 않으면 안 돼요!"

들루아 판사는 바질을 향해 무서운 어조로 말했다.

"피고, 대답하시오. 무슨 이유로 당신은 예의범절에 어긋나는 이런 옷을 벗고 어처구니없는 분장을 지우기를 거부했는가?"

바질은 정말이지 어쩔 줄 몰라했다.

"음, 그러니까…… 저는 그럴 수가 없어요. 이 옷들은 오래 전부터 피부에 달라붙어 있어서 벗을 수가 없어요. 그리고 얼굴은…… 이게 바로 내 얼굴인 걸요."

"우리를 조롱하는 겁니다!"

흡혈귀 검사가 노발대발한다.

"과하적으로 있을 수 없는 일입니다. 우리를 갖고 노는 거예요! 유죄, 유죄, 유죄!"

격분한 들루아 판사는 자신의 책상에서 커다란 나무 망치를 꺼내더니 그걸로 검사의 머리를 내려쳤다. 검사는 쓰러지면서 마지막으로 "유죄!"를 외치고는 완전히 의식을 잃고 나자빠졌다.

판사가 경찰을 불렀다.

"경찰! 이자를 데려가고 결함이 없는 다른 검사를 데리고 오시오!"

경찰들은 망치에 맞아서 정신을 잃은 흡혈귀 검사를 법정 밖으로 끌고 나가더니, 곧 정신을 차린 흡혈귀 검사를 도로 데리고 들어왔다. 그는 등에 톱니바퀴가 달린 커다란 열쇠를 꽂은 채 꼼짝달싹 않고 있었다.

"대체 뭘 망설이고 있는 건가? 어서 태엽을 감아주지 않고!"

경찰들이 태엽을 감아주고 나서 열쇠를 뺀다. '새로운' 흡혈귀 검
사는 약간 뻣뻣한 걸음걸이로 걷기 시작하더니 자기 자리에 가서 조용
히 앉았다.

판사가 다시 공판을 시작했다.

"피고는 어째서 그 얼굴이 자신의 얼굴인지 우리에게 설명해보시
오."

"오! 설명을 드릴 재간이 없어요, 위대하신 재판장님. 전 그냥 이
렇게 태어난 걸요."

"당신이……"

"말도 안 돼!"

흡혈귀 검사가 판사의 말을 자르고 끼어들었다.

134

판사가 망치를 들고 검사를 위협했다. 흡혈귀 검사는 더이상 말하기를 포기한다. 이윽고 판사는 덤덤하게 말을 계속했다.

"그렇다면 당신은 애초부터 그렇게 태어났다, 이 말인가?"

"바로 그렇습니다."

피고가 대답한다.

"한데, 이 의복들이 피부에 달라붙었다면 당신은 어떻게 그 안에서 자라 어른이 될 수 있었던 건가?"

"자라서 어른이 된다구요? 저는 자라서 어른이 된 게 아니에요. 저는 처음부터 아예 이렇게 태어났다니까요. 아까 말씀드렸잖아요!"

"아니, 어떻게 그럴 수가!"

"하지만 제가 바로 그렇다니까요."

판사는 가발을 들어올리고 머리통을 긁었다.

"그럼 당신의 어머니…… 가만 있자, 그러니까 당신의 어머니는 이런 당신을 낳느라 진통을 겪지 않았는가?"

"어머니라고요? 그게 뭔가요?"

"당신에게도 어머니는 계시리라 생각하는데."

"없어요. 자연이 어머니라면 또 모를까."

판사는 이번에는 턱을 문지른다. 하지만 별 상관 없는 듯하다. 어차피 이런 재판은 처음이자 마지막일 테니까.

"그게 무슨 말인가?"

판사는 되도록 침착하려고 애쓰면서 물었다.

"그러니까 말이죠, 모든 건 어느 가을날 시작됐어요. 그날 저는 존재하기로 마음을 정했어요. 내 주변 사람들이 모두 존재한다는 사실을 알았고, 난 그게 부러웠거든요."

"그렇다면 '존재하지 않을 때' 당신은…… 어디 있었는가?"

'이 모든 게 미친 녀석의 이야기니까, 질문도 그에 맞춰 해야 되겠지.'

판사는 혼자 속으로 중얼거렸다.

"공기 중이오."

바질이 간단하게 대답했다.

"판사님도 아시겠지만, 공기 중에는 사람들이 가득 차 있답니다. 얼마나 비좁은지 몰라요! 모두 지독하게 꽉 끼어 있지요. (바질은 이 대목에서 통조림 속에 끼어 있는 사람 시늉을 했다) 거의 모두 존재할 결심을 못 하고 있는 사람들이에요. 어쨌든 그들에겐 영원이라는 시간이 있으니까 언제 결심이 서든 상관이 없지요. 일단 결심이 서면 그들은 자기가 살고 싶은 시대를 골라요. 그런 다음 얍! 하는 거예요. 그러면 이렇게 존재가 시작되는 거지요. 나보다 먼저 왔던 사람들도 꽤 되는 걸요. 수가 그리 많지는 않지만요. 한데 결심하기까지가 아주 힘이 들어요. 그리고 일단 존재하면 존재하기 전으로 돌아갈 수가 없어요. 어떤 사람들은 도무지 어떤 시대도 마음에 들어하질 않아요. 그런 사람들은 결코 존재하지 못하게 되는 거지요. 그런데 저는 말이죠, 이 시대가 마음에 들더라고요. 제일 먼저, 저는 지나가는 술주정뱅이를 봤어요. 그 사람의 빨간 코가 참 괜찮다고 생각했어요. 그래서 얍! 했더니 코가 생겨났지요. (그가 빨갛고 둥근

자신의 코를 누르자 '푸하!' 하는 소리가 나면서 납작해졌다) 코가 아주 마음에 들었어요. 내 코를 가지게 된 거죠. 코가 있으니 냄새를 잘 맡게 되었고요. 하지만 코 하나만으로는 존재하기에 충분치 않았어요. 그 다음으로 저는 지나가는 어린애를 보았어요. 그애가 공원 오솔길 모래 위에 그림을 그렸어요. 팬티를 입은 생쥐 그림이었지요. 그 생쥐의 커다란 두 눈이 여간 마음에 드는 게 아니었어요. 그래서 또 얍! 했더니 눈이 생겨났지요. (그는 푸른색 화장품으로 테두리를 칠한 두 눈을 크게 떴다) 눈이 있으니 훨씬 잘 보이데요. 하지만 코 하나와 눈 두 개만으로는 존재하기에 어림도 없었죠. 그래서 그런 식으로 계속했어요. 오리를 본 떠 두 발이 생겼고, 록 스타를 본떠 옷과 몸뚱어리가 생겼고, 펑크 족 건달을 본떠 헤어스타일이 생겼고, 영화에 나온 한 여배우를 본떠 창백한 얼굴과 빨간 입술이 생겨난 거죠. 마침내 저는 모습을 완전히 갖추었어요. 이번엔 정말로 존재하게 된 거죠."

그때 이상한 안개가 법정으로 몰려들었다. 마치 테레빈유로 지운 화폭처럼, 모든 윤곽이 흐릿해지고 있었다. 들루아 판사의 말소리도 웅얼웅얼 들려왔다.

"조심하시오, 이건 플래시 백, 즉 되살아나는 기억이오! 무슨 일이 있었는지 알게 될 겁니다. 하지만 특별히 조용히 하셔어어야 하암하암하아암!"

판사의 목소리는 그저 밀리서 지지직거리는 소리에 불과할 따름이었다. 주변의 모든 것이 다 사라지고, 흐릿한 색조 한가운데에 바질만 혼자 남았다. 색깔들은 서로 섞여 다시 조합되고, 직선과 곡선들은 위치를 바꿔 휘거나 공중에 우뚝 섰다. 보이지 않는 붓이 몇 번 휙휙 지나갔다. 그러자 이 놀라운 혼돈은 낡은 가로등 불빛이 비치는 어두운 골목으로 바뀌었다.

바질이 주위를 두리번거린다. 별로 놀라지도 않는다. 하긴 그에겐 아주 낯익은 기억일 테니까. 그의 옆에는 분홍색 코끼리를 데리고 인도 위에서 울고 있는 어린 계집애가 있다.
　"꼬마야, 여기서 뭘 하니? (그는 아이에게 다가간다) 네 이름이 뭐지?"
　아이는 두 손으로 얼굴을 가리고 더 심하게 운다.

"오, 그렇게 울면 못써! 왜 그러니?"

드디어 아이가 눈길을 들어 그를 바라본다. 가로등의 노란 불빛에 비친 바질의 얼굴을 보는 순간, 붉게 충혈된 아이의 두 눈이 휘둥그레졌고, 다음에는 참을 수 없는 미소가 입가로 비어져나오더니 마침내 폭발했다. 급기야 아이는 배를 움켜쥐고 바닥에서 데굴데굴 굴렀다.

"옳지, 그렇지!"

바질이 놀라면서도 몹시 행복하여 탄성을 질렀다.

"네 이름이 뭐지?"

"뤼시예요, 아저씨."

아이는 웃는 사이사이에 가까스로 대답했다.

"하지만 나를 아는 사람들은 참새라고 불러요."

갑자기 아이의 눈썹이 팔(八)자 모양으로 곤두서면서 이마에 주름을 만들더니 아이는 다시 울기 시작했다.

"자, 착하지. 또 울면 어떡하니."

바질은 어쩔 줄 몰랐다.

"그러니까, 음, 사람들이 너를 참새라고 부르는 게 싫어서 우는 거지?"

"아뇨, 그게 아니에요."

아이는 흐느끼는 사이사이 대답했다.

"난 무용수가 되고 싶은데, 춤을 잘 못 춰요! (아이가 너 심하게 흐느끼자, 아이의 말도 흐늘거리면서 점점 빨라졌다) 무용 선생님이 내가 춤을 못 춘다고 하면서 수업에서 쫓아냈어요. 내가 너무 서툴대요."

“뭐야, 서툴다고?”

바질이 분개했다.

“난 널 잘 몰라. 하지만 너희 선생님은 우주에 하나뿐인 바보천치라고 말할 수 있단다! 오, 그리고 말이지, 네가 우니까 나도 울고 싶어져.”

그러고는 바질은 눈물을 펑펑 쏟았다.

“오, 울지 마세요, 아저씨.”

“내가 너에게 이야기를 하나 해줄게. 들어볼래?”

바질은 코를 훌쩍이며 눈물을 닦았다.

참새가 고개를 끄덕였다. 바질은 무궁무진한 그의 주머니에서 빨간색과 파란색 바둑무늬가 있는 커다란 손수건을 꺼내더니 트럼펫처럼 큰 소리를 내면서 코를 풀었다.

“난 말이지.”

바질은 고개를 뒤로 젖혀 하늘을 바라보면서 이야기를 시작했다.

“나는 이 세상에선 아주 신참이란다. 그렇지만 오래 전에 일어난 아주 옛날 옛적 이야기를 하나 알고 있지. 옛날에 작은 별이 하나 있었단다. 그런데 그 별에선 통 빛이 나질 않았어. 불쌍한 별은 빛나보려고 애를 쓰고 몸도 문질러봤지만 아무 소용이 없었어. 그 별은 하늘에서 가장 흐릿했어. 너무나 흐려서 아무도 그 별이 있다는 걸 알아차리지 못했지. 그 별은 다른 별들의 웃음거리가 되었단다. 어느 날 저녁이었어. 다른 친구들이 여느 때처럼 그 별을 놀려대고 있을 때였지. 달님이 화가 나서 얼굴이 빨개졌단다. 달님은 가끔 이런 식으로 느닷없이 기분이 바뀌지. 말하자면 주기적인 발작인 거야. 그래서 때때로 사람들이 4월의 달*에 대해 이야기하는 거란다. 어쨌든 달이 그 별에게 말했단다. '넌 빛을 낼 줄도 모르니 꺼져버려! 넌 여기 있을 주제가 못 돼' 하고 말이야. 작은 별은 몹시 불행했단다. 두 눈에서 굵은 황금빛 눈물이 뚝뚝 흘러내렸어. 얼마나 울었던지 작은 별이 흘린 눈물은 강을 이루게 되었단다. 작은 별이 흘린 눈물의 강은 아직도 하늘에 있단다. 그 강의 이름이 바로 은하수야. 그러니 작은 별이 얼마나 울었는지 알겠지? 그때 마침 선하신 하느님께서 하늘을 시찰하시다가 우연히 작은 별을 보게 되었단다. 하느님께서 작은 별을 부르셨어. 그리고 이렇게 물으셨지.

'날 좀 도와주겠니, 작은 별아? 한데 이건 아주 중요한 임무란다. 내 너만 믿으마. 베들레헴이라는 곳 위에서 있는 힘을 다해 빛을 내야 한다.'

'하지만 하느님, 전 빛을 낼 줄 모르는데요!'

작은 별이 대답했어.

그러나 선하신 하느님께서는 벌써 떠나고 안 계셨단다. 작은 별은 덜컥 겁이 났어. 무서워서 죽을 지경이었지만 모두 자기만 믿고 있는 걸 어떡해? 그래서 할 수 없이 용기를 내어 두 날개를 반짝이고, 또 반짝였어. 작은 별은 말 그대로 하늘을 환히 밝힌 거야. 사람들 눈에는 이 별만 보였어. 오늘날 이 별은 하늘에서 가장 유명한 별들 중 하나가 되

---

* 농부들은 이것이 곡식의 새싹을 시들게 한다고 믿는다.

었지. 저길 좀 봐. (그는 손가락을 들어 둥근 하늘에서 빛나는 별 하나를 가리켰다) 바로 금성이란다."

참새가 꿈을 꾸듯 코를 하늘로 치켜들고 혼잣말을 했다.

"참 아름다워요, 아저씨가 해주신 이야기요."

"내가 이 이야기를 한 이유를 알겠니?"

"네, 알 것 같아요. 고맙습니다."

아이는 자기의 코끼리를 데리고 가는 듯싶더니 재빨리 다시 돌아왔다.

"그런데 아저씨는 이름이 뭐예요?"

"나? 내 이름이 뭐냐고?"

깜짝 놀란 바질이 되물었다.

"오, 이런! (그는 자기의 이마를 탁 쳤다) 그걸 미처 생각 못 했군! 존재하려면 이름이 하나 필요한데 말이야."

"아저씬 자기 이름도 몰라요?"

"몰라."

"괜찮아요. 이름을 하나 지으면 되죠 뭐. 음…… (아이는 잠시 생각에 잠겨 관자놀이를 긁적이고, 생각에 잠긴 듯 입술 사이로 검지를 끼워넣었다) 아르시발트, 어때요?"

"오, 싫어."

바질이 상을 찡그렸다.

"아르시발트, 그건 별로야. 내가 아직 존재하지 않을 때, 그런 이름을 가진 사람이 하나 있었지. 그 사람은 유머 감각이 전혀 없었단다."

참새는 한숨을 내쉬고 다시 생각하기 시작했다. 그때 분홍색 코끼리가 아이 옆으로 다가와 아이의 귀에 대고 뭐라고 속삭였다.

"뭐라는 거니? 뭐라고, 페르스발? (아이의 입가에 차츰 미소가 번지더니 얼굴이 환해졌다) 오, 그래! 브라보, 페르시!"

아이가 코끼리를 껴안으면서 탄성을 질렀다.

"그거야, 멋져, 끝내주는 이름이야! (아이는 바질을 향해 돌아서서 자랑스럽게 알린다) 앞으로 아저씨 이름은 바질이에요. 바질 이크."

"바질 이크? (고요한 정적 속에 그의 이름이 울린다) 바질 이크, 그래, 괜찮은 이름이구나."

갑자기 칭칭칭, 뱅뱅뱅, 총총총 하는 소리가 거리의 고요를 송두리째 뒤흔들어놓았다. 금관악기가 송곳처럼 비어져나오고, 북 때문에 불룩하게 배가 튀어나온 소란스러운 괴물이 가로등 불빛을 받아 번쩍거리며 어지러운 음악 소리를 내면서 느닷없이 들이닥쳤다. 괴물은 미친 듯한 질주를 돌연 멈추었다. 여전히 쨍그렁거리는 소리가 나는 고철들 사이로 기쁨으로 환한 얼굴 하나가 불쑥 나타난다.

"어이! 안녕하쇼, 거기!"

"네, 안녕하세요. 실례지만 우리 어딘가 다른 데서 만났던 것 같은데……"

바질이 공손하게 대꾸한다.

"물론이오!"

그 얼굴은 큰 소리를 질렀다.

"존재하지 않을 때 만났다오. 나는 당신보다 앞서 존재하기 시작했고. 기억나요?"

"내가 어떻게 잊을 수 있겠어요! 이리 와요! (바질은 여러 악기를 동시에 연주하는 그 사람을 껴안으러 달려가지만, 곧 기술상의 많은 어려움을 알아차린다. 그래서 그냥 그의 어깨만 두드려준다) 참, 당신은 이름이 뭔가요? 이제 존재하니 이름이 있을 거 아니에요."

"내 이름은 마노엘이오."

그는 자신의 몸을 뒤덮고 있는 악기들을 벗겨내기 시작했다.

그러자 몸집 좋고, 갈색 머리이며 두 눈은 반짝반짝 빛나고, 파란색 바지에 빨간색과 하얀색 줄무늬 스웨터를 받쳐입은 키 큰 청년이 나타났다.

"축하해요, 아름다운 이름이군요. 나는 바질, 바질 이크예요. 아, 이리 오세요. 당신에게 참새를 소개할게요."

그는 참새의 팔을 잡아당기며 덧붙여 말했다.

"참새야, 이쪽은 마노엘이야. 마노엘, 이쪽은 참새예요."

"만나서 정말 기뻐요, 아가씨."

악기 연주자는 꼬마 무희 앞에서 위엄을 갖추고 절을 한 뒤 말했다.

"그런데 이 야밤에 둘이 여기서 대체 뭘 하고 있는 겁니까?"

"우린 엄청난 계획을 세우고 있지요. 참새야, 안 그래?"

바질이 대답했다.

참새는 바질을 바라보며 어리둥절해서 눈이 둥그레졌다.

"아, 그런가?"

연주자는 바질의 말을 믿는 것 같았다.

"그렇고말고. 한데 마노엘, 자네가 우리에게 합세해준다면 더 좋을 것 같아."

마노엘이 커다란 북을 바닥에 내려놓자 붐 하는 커다란 소리가 났다.

"글쎄, 형편을 봐서. 그런데 계획이라는 게 뭔데?"

"우리가 특별한 장소를 만드는 거야."

들뜬 어조로 바질이 이야기를 시작했다.

"거기엔 이 세상 어린이라면 누구나 올 수 있어. 매일매일 굉장한 공연을 하는 거지. 우선, 이 참새 아가씨가 분홍 코끼리 페르스발 위에서 춤을 추게 될 거야. 마노엘 씨는 멋진 연주로 아이들의 귀를 사로잡을 거고, 바질이란 이름으로도 알려진 이크 씨는…… 뭘 하지……?"

"무지하게 멋진 재주요."

참새가 대신 말을 이었다.

"뭐냐 하면 말이죠…… 에이, 잘 아시면서. 아까 아저씨를 보면서 내가 보인 반응 말예요."

"웃음?"

"맞았다! 아저씨는 사람들을 웃기는 거, 그걸 하세요!"

바로 뒤이어 심벌즈가 마치 쉼표를 찍듯 맞부딪치면서 큰 소리를 냈다.

"환상적이야!"

마노엘은 즐거워했다.

"그런데 바질, 그 공연을 뭐라고 부를 거야?"

"흠, 그건 생각 좀 해봐야겠는걸."

함께 생각에 잠겼던 바질이 잠시 후 말했다.

"서커스라고 하면 안 될까?"

"서커스? 그래, 좋아! 친구들, 갑시다! 가서 서커스를 합시다!"

안개가 차츰 피어오르면서 다시 흐릿해졌다. 플래시 백이 끝난 것이다. 흐릿함이 사라지자 법정이 다시 모습을 드러냈다.

바질의 목소리가 들린다. 그가 들려주던 옛날이야기가 끝나가는 것 같다.

"이렇게 해서 저는 친구들과 함께 서커스를 결성했습니다. 아이들은 모두 행복해졌고요."

흡혈귀 검사가 느닷없이 자리를 박차고 일어섰다.

"피고가 자백을 하는군요! 자백을요! 신사 숙녀 배심원 여러분, 잘 들으셨지요!"

바질은 어쩔 줄 몰라하며 고개를 떨구었다.

"전 웃기는 일이 금지되어 있는지 몰랐습니다."

"지금은 알지 않소!"

흡혈귀 검사가 경멸조로 내뱉었다.

"흡혈귀 검사, 그를 가만 놔두시오."

들루아 판사가 말렸다.

"신사 숙녀 배심원 여러분, 어떤 판결을 내리시겠습니까?"

그러자 배심원들 중 한 사람이 자리에서 일어났다. 넥타이에 정장 차림을 한 그는 눈동자가 없는 퀭한 눈을 하고 있었다.

"유죄입니다, 재판장님."

"좋습니다."

들루아 판사가 엄숙하게 선언했다.

"비질 이크를 지금 여기서 철침에 의한 사형에 처하노라. 좌중은 일어서주십시오. 그리고 사형집행인을 불러들이시오."

극적으로 둥둥거리는 북소리가 나면서 거대한 바닷가재가 집게발로 발판과 철침을 들고 앞으로 나왔다. 경찰들이 바질을 억지로 꿇어 앉히는 동안, 바닷가재는 발판을 놓고 그 위로 기어올라가 죄수의 머리 위로 철침을 치켜들었다.

"몰랐어요! 정말 몰랐다니까요!"

사형수는 절망에 빠져 부르짖었다.

그때, 작지만 맑고 위엄 있는 목소리가 들려왔다.

"모두 멈춰요!"

바닷가재는 화가 잔뜩 나서 철침을 흡혈귀 검사의 머리 위에서 흔들었다. 흡혈귀 검사가 털썩 주저앉았고, 참새가 앞으로 나왔다.

"바질 이크는 무죄예요!"

들루아 판사가 비웃는 듯한
웃음을 터뜨렸다.

"어째서 죄가 없는지 알고 싶군요, 아가씨!"

"진짜 죄인은 바로 저예요."

한 손으로 자신의 가슴을 치면서 아이가 외쳤다.

"제가 바질에게 서커스를 하자고 제안했어요. 그러니까 죄인은 저
예요. 저는 지금 자수하는 거예요."

"그렇다면 그대 역시 철침에 의한 사형에 처하노라."

판사는 간단히 말하고 나서 "사형집행인, 임무를 수행하시오" 하
고 덧붙였다.

바로 그때 처음 듣는 어떤 목소리가 큰 소리로 외쳤다.

"안 돼!"

뜻밖의 외침 소리를 듣자, 들루아 판사는 머리끝까지 지겨워지기
시작했다. 그의 시대엔 형 집행이 정확하고 신속하게 이루어졌다. 이
렇게 격식 따윈 차리지 않았다. 그는 양손으로 머리를 감싸쥐고 한숨
을 내쉬었다.

"또 뭐요?"

이번엔 아주 우스꽝스러운 인물이 나타났다. 턱수염을 기르고 연
미복 차림에 미국 국기가 그려진 실크해트를 쓰고 있었다.

"이 머저리는 대체 뭐야? 또다른 환상주의자인가?"

들루아 판사는 거칠게 말을 내뱉었다.

낯선 자는 얼이 빠져버린 좌중이 지켜보는 가운데 잠시 보란듯이

으스대더니, 심한 앵글로색슨 억양을 섞어서 말했다.

"아니오. 나는 미국의 대통령이오."

이 말에 거대한 바닷가재는 얼굴을 바닥에 처박고 납작 엎드렸다.

"좋습니다, 좋아요. 여보게, 너무 그러지 말게."

약간 거북해진 대통령은 바닷가재에게 일어나라는 시늉을 하면서 낮게 말했다.

그러고는 바질과 참새를 가리키며 법정 전체를 향해 말을 이었다.

"나는 여러분이 저 사람들을 방면해주기를 요구하오."

"도대체 이유가 뭡니까?"

들루아 판사가 이를 갈면서 물었다.

"나도 모르네."

대통령이 쾌활하게 대답했다.

"그냥 그렇다네. 내게는 좋은 선전이 될 거야, 암."

이 마지막 간섭으로 법정은 타오르는 불에 기름을 끼얹은 꼴이 되었다. 지옥 같은 장면들이 이어졌다. 아니, 차라리 도처에서 배심원들이 튀어나오고 있다고나 할까. 저마다 무섭게 떠들며 와글거리는 가운데, 어떤 이들은 "그들을 석방하라!"고 소리지르고, 다른 이들은 "안 돼! 형을 치르게 해!"라고 고함을 지르고, 또다른 이들은 "재판장, 이 망할 자식아!" 하고 고함쳤다. "고래를 구하자!" "세계화 타도!" "나와 함께 고구마튀김을!" 하는 울부짖음도 들려왔다.

언성이 점점 높아졌다. 급기야 배심원 한 사람이 크림파이로 옆사람의 얼굴을 납작하게 찍어눌렀다. 그것을 시작으로 너나 없이 모두 싸움판에 끼어들었다. 크림파이들이 사방팔방에서 아름다운 곡선을 그리면서, 샹티이 행성의 비행접시가 물컹물컹한 '스프로치' 위성에 착륙하는 것처럼 이 사람 저 사람의 머리 위로 쏟아져내렸다. 들루아 판사는 책상 뒤에 몸을 숨긴 채 "정숙하세요, 여러분!" 하고 두세 번 고함을 지르고는, 마침내 커다란 나무 망치를 꺼내들고 사정거리 안에 들어오는 아무나 마구 내려쳤다. 바닷가재가 제일 먼저 얻어맞았다.

바질과 참새가 손에 손을 잡고 무대 앞으로 나온다. 그러자 그들 뒤의 시끌벅적한 소리가 이내 잦아든다. 어둠 속에서 수십 명, 수백 명의 관객이 그들을 지켜보고 있다.

바질이 미소를 지으며 관객들에게 말한다.

"즐겁게 관람하셨기를 바랍니다. 이 짧막한 연극의 목적은 잠깐이라도 여러분께 감동을 불러일으키고, 조금이라도 꿈을 꾸게 만들고, 웃게 만드는 것입니다. 저희들, 무대 위의 피조물들은 조명이 꺼지면 조용히 잠들게 될 겁니다. 여러분이 우리를 다시 보러 오는 그날까지요. 왜냐하면 여러분은 우리를 보러 또 오실 테니까요, 그렇지요?"

어둠 속의 그림자들, 각기 자신의 벨벳 좌석에 앉아 있는 관객들은 말없이 고개를 끄덕였다.

"시간이 됐어, 바질……"

참새가 넌지시 알려준다.

"그래요, 시간이 되었군요, 신사 숙녀 여러분. 자, 친구들, 앞으로 나오세요. (크림을 뒤집어쓴 법정 사람들, 마노엘, 미국 대통령, 바닷가재가 모두 바질과 참새 옆으로 모여든다) 다 같이 인사!"

따닥따닥 하는 소리가 홀 안에 들리기 시작하더니, 그 소리가 점점 커지고 또 커져가면서 다 함께 치는 박수 소리가 되었다. 점점 고삐가 풀려가는 리듬에 맞춰 그 소리는 점점 강해지고 점점 빨라졌다. 이윽고 우레와 같이 밀려드는 박수갈채 속에 우리의 친구들이 묻혀버리기 전에 재빨리 조명이 꺼지고, 마침내 금색 테두리가 둘린 붉은 커튼이 먼지 쌓인 오래된 책에서나 맡을 수 있는 좋은 냄새를 풍기면서 벌어진 입술이 닫히듯 무겁게 닫혔다.

어느 떨기나무의 회상록

나는 내가 바람에 떠다니던 작은 씨앗에 불과했던 시절을 기억하고 있다. 지금에 비한다면 그땐 별 문제가 없는 편이었다. 사람들을 신경 쓰지 않아도 되었으니까. 나는 아무 생각 없이 그저 여기저기 떠돌아다녔다. 말하자면, 행복하고 무사태평하게 되는대로 지냈다.

하지만 그것은 단지 한 시절에 불과했다.

어느 날, 바람이 나를 보드랍고 거무스름하고 폭신한 땅 위에 내려놓더니 소곤소곤 말하는 것이었다.

"이제 난 널 돌봐줄 수가 없단다. 넌 여기서 살기 시작하는 거야. 내 형제인 계절풍들이 너를 잘 대해줄 거야. 그럼, 안녕."

바람이 떠난 후에 나는 '그래, 좋아' 하고 혼자 중얼거렸다.

'농담할 때가 아니야. 일을 하자.'

나는 이만하면 되겠다 싶을 때까지 땅속 깊이 파고들어간 후에 기다리기 시작했다. 기다린다고 해서 행여 내가 허송세월했다고 생각하진 마시길. 오, 전혀 그런 게 아니다. 아주 작은 씨앗이 품는 성장의 의지가 어떤 건지 여러분은 상상도 못 할 것이다. 씨앗의 겉껍질 안에는 여러 물질이 잔뜩 저장되어 있다. 그 결과 우리는 우리 자신의 내부에 압축되어 꽉 끼어 있게 된다. 말로는 뭐라 표현하기 어렵다.

이 겉껍질이 터지면, 안도감이 드는 동시에 몹시 슬퍼진다. 그전으로는 절대로 돌아갈 수 없으니까. 아무튼 나는 쉴새없이 자라야만 했다. 무슨 일이 있어도 그래야 했다. 나는 내 뿌리들, 막 잠자리에서 일어났을 때의 헝클어진 머리칼처럼 얼기설기 뒤엉킨 잔뿌리들을 자라나게 했다. 허약하긴 했지만 이 뿌리들이 내게 필요한 힘을 흡수해주었다.

나는 이 힘으로 빈약하나마 살들을 만들어냈다. 며칠이 지나자, 내게서는 파리하고 가느다란 팔 하나가 머뭇거리며 뻗어나왔다. 해님을 만나기 위해 땅을 헤집고 밖으로 나온 것이었다. 두려움과 어둠 속에서 오랜 시간을 보낸 탓인지, 다정하게 어루만져주는 햇살이 축복으로 여겨졌다. 그 따스함은 내게 순수한 생명의 감미로운 떨림을 느끼게 했다. 그 이상은 도저히 설명이 불가능하다.

내가 느낀 감동을 표현할 만큼 충분히 강렬한 말이 없기 때문이다. 나는 여러분에게 결코 이야기할 수 없을 것이다. 가령 내 가지들 끝에서 연한 녹색 싹이 틀 때면, 요즘도 여전히 지직거리며 탁탁 튀는 이 생명, 나의 내부와 주변 전체에서 들끓으며 움직이는 이 생명, 손에 닿을 듯이 느껴지는 이 생명, 세포들이 북적거리며 증식되는 이 느낌에 대해서. 어린 껍질을 타고 줄줄 흘러내리는 차가운 비, 처음 느껴보는 비, 그 열광적인 감각의 체험에서 비롯된 느낌에 대해서. 이파리 위로 느껴지는 달빛의 촉촉한 부드러움, 환하게 밝은 밤의 총총한 별빛의 느낌에 대해서. 인간의 그 어떤 말로도 이렇게 복합적이고 강렬한 감각을 묘사할 순 없을 것이다.

그러니 다시 이야기로 돌아오기로 하자. 나는 나이가 들면서 감상적이 되었다.

하지만 어쨌든 아름다운 가지들을 쭉쭉 뻗어 보기 좋은 체격을 지닌 멋진 덤불이 되있다. 나는 내가 해낸 일이 무척이나 자랑스러웠다. 이렇게 되기까지 수없이 많은 노력을 기울여야 했지만, 마침내 해내고야 말았고, 그 결과도 자못 만족스러웠다.

한동안 내게 근심거리를 안겨주었던 열매에 대한 이야기를 여러분에게 들려줘야겠다. 어느 날 나는 나 자신도 잘 모르는 막연한 이유에서 열매를 맺기로 작정했다. 나는 완벽하게 둥글고 빨간색으로 반짝일뿐더러 먹기 좋게 연하고 달콤한 열매들을 만들어냈다. 그 열매들은 나의 자랑거리였다.

그러나 그 열매들도 못된 새들의 탐욕스런 눈을 벗어날 수 없었다. 이틀이 지나자 열매는 한 개도 남지 않았다. 나는 애를 써서 다시 열매를 만들어냈지만, 열매들은 다시 생겨나기가 무섭게 고약한 날짐승들의 목구멍 속으로 사라져버렸다.

그래서 나는 생전처음으로 화를 냈다. 나는 가시들을 자라게 했다. 투창처럼 뾰족하게 날이 선 기다란 독가시를. 그런 다음 보란 듯이 새빨갛고 탐스러운 열매들을 맺었다.

새들은 내 새로운 무기들을 조심하지 않고 허겁지겁 달려들었다. 그건 돌이킬 수 없는 큰 실수였다. 피가 튀었다. 나는 그 피를 보기도, 느끼기도, 맛보기도 싫었다. 사실이 그랬다. 하지만 화가 나면 누구나 맹목적이 되고 둔감해진다. 수없이 많은 새들이 목, 날개, 심장을 찔렸고, 새들의 작은 몸통 이 나의 가증스런 무기 끝에 꿰였다. 내가 화를 내서 얻은 것은 나를 추하게 만든, 아니 혐오스럽게까지 만든 죽음의 열매들이 었다.

그러나 나는 둔감했기 때문에 아직 잘못을 깨닫지 못했다. 그러던 어느 날, 나는 생전처음으로 나 아닌 다른 존재에게 동정심을 느끼게 되었다. 인간과의 첫번째 접촉이 일어났던 것이다. 나는 멀리서 시종 들과 함께 코끼리들을 데리고 호랑이 사냥에 나선 인도의 왕을 보게 되었다. 그러나 그들에게서 강한 인상을 받은 건 아니다.

적어도 내가 그들 중 한 명을 도와주게 될 때까지는.

그날은 날씨가 너무 더워서 벌레들조차 찍 소리도 내지 못했고, 대기는 어찌나 건조한지 쩍 하고 금가는 게 보일 것만 같았다.

숨이 막힐 듯한 침묵이 갑자기 깨지면서 말발굽 소리가 들려왔다. 반수면 상태에서 깨어난 나는 내가 있는 숲속 빈터에, 땀에 흠뻑 젖은 기사가 숨을 헐떡헐떡 몰아쉬면서 진한 얼룩무늬 암말 등에서 내리는 것을 보았다. 기사는 타는 듯한 갈증을 풀어줄 듯싶은 내 열매들을 보았다. 그는 말에서 내려 내게로 다가오더니, 갈망으로 크게 뜬 눈으로 열매를 바라보았다. 그의 눈동자에 비친 빨간 점들이 보이는 것만 같았다. 하지만 창끝처럼 뾰족한 내 가시들을 보자, 그의 얼굴은 그만 애처롭게 일그러지고 말았다. 금방이라도 울음을 터뜨릴 것만 같았다. 그는 털썩 무릎을 꿇고 주저앉더니 얼굴을 찡그리고는 이렇게 중얼거리는 것이었다.

"안 돼…… 제발, 제발 내게 열매들을 주려무나. 난 목이 너무나 말라……"

그리고 나서 그는 고개가 약간 흔들렸고, 두 눈이 뒤집히더니 이내 정신을 잃고 풀밭에 쓰러지고 말았다.

그의 창백한 얼굴과 갈라진 입술을 보면서, 나는 갑자기 자신이 부끄럽게 느껴졌다. 만일 내가 열매를 주지 않는다면, 이 불쌍한 사람은 목이 타서 죽을 터였다.

나는 치명적인 가시들을 안쪽으로 움츠리면서 그의 얼굴을 향해 가지들을 내뻗었다. 잎사귀들이 그의 목을 간질이자 그가 마침내 깨어났다. 처음엔 몹시 놀라는 기색이더니 곧 예기치 않았던 내 선물을 기꺼이 받아들였다. 일단 목을 축이고 나자, 그는 나지막한 목소리로 "고마워" 하고 말했다. 그리고 다시 말에 올라타더니 가버렸다.

나중에 알게 된 사실인데, 그 기사의 이름은 사네딥이고, 왕궁의 시종이었다. 왕궁은 내가 있는 숲속 빈터에서 아주 가까웠다. 그날 그 용감한 남자는 임무를 수행하고 돌아오는 길이었다. 공주님의 탄생 소

식을 부근 왕국들에 알리는 임무였다. 자칫하면 그는 자신의 집 문지방을 영영 밟지 못할 뻔했던 것이다.

그리고 나는 그와 더이상 만날 일이 없으리라 믿었다. 하지만 그건 그 사람을 잘 몰라서 한 생각이었다. 그로부터 몇 주일이 지난 뒤였다. 그가 어린 아들을 데리고 나를 다시 찾아왔다. 남자와 아이, 두 사람은 내 앞에 섰다. 그리고 사네딥은 어린 아들에게 이렇게 말했다.

"우트카르쉬, 이 나무를 잘 돌봐주어라. 그러면 이 나무도 너를 잘

돌봐줄 거다. 이건 보통 나무들과 달라. 전에 내 목숨을 구해주었지. 그걸 잊으면 안 돼. 내가 은혜를 갚을 수 없게 되면, 네가 내 대신 은혜를 갚아야 하는 거야."

"네, 아빠."

어린 우트카르쉬는 가냘픈 목소리로 대답했다.

'이런, 어쩌나. 세상에 나온 지 채 일 년도 안 되는 내가 벌써 한 인간의 대부가 되었네. 정말 골칫거리야!'

그 당시 나의 생각이었다.

그리고 며칠, 몇 달, 몇 년이 흘러갔다.

우트카르쉬는 아빠와 한 약속을 잊지 않았다. 그는 틈이 날 때마다 나를 보러 오곤 했다. 왕의 마구간에서 일하는 마부가 된 그 아이는 이따금 좋은 거름을 내게 가져다주었고, 그 덕분에 내 뿌리들은 행복하고 편하게 쉴 수 있었다. 날씨가 포근할 때면 그는 시원한 그늘에 몸을 쭉 펴고 누워 풀잎을 씹으면서 맑은 하늘을 올려다보며, 자신의 작은 머릿속에서 일어나는 일들을 내게 죄다 말해주곤 했다. 그 아이의 상상력은 믿을 수 없을 정도였다. 정말 타고난 몽상가였다. 나무인 내가 지성(知性)이 있어 자신의 말을 주의 깊게 듣고 있다고는 믿지 않았겠지만, 그가 지닌 시인의 영혼은 그렇게 믿고 싶어했다. 그는 내게 아주 아름다운 것, 갖가지 이야기, 자신이 지어낸 꿈들을 말해주었다. 차츰 나는 내가 그의 말에 귀기울이기를 좋아한다는 사실을 깨닫게 되었다. 아니, 그냥 대부인 내가 대자를 좋아한다는 사실을 알게 된 것이다.

하루는 그가 만면에 웃음을 띤 얼굴로 껑충껑충 뛰어서 나를 보러

왔다. 그는 늘 하듯이 내 발밑에 거름을 주더니, 내 주위를 돌면서 춤을 추기 시작했다.

'내 대자가 드디어 미쳤구나. 마구간의 썩은 독기가 머리로 올라온 거야.'

나는 속으로 중얼거렸다.

한참을 그러던 내 대자는 노이로제 걸린 토끼처럼 펄쩍펄쩍 뛰기를 멈추고서 환한 미소를 지으며 내게 물었다.

"내가 왜 이러는지 모르지?"

'알 게 뭐야, 멍청아. 당연히 모르지. 하지만 네가 가르쳐줄 것 같은데?'

"난 사랑에 빠졌어."

'젠장, 모르는 사이에 많이 컸구나! 어제만 해도 늑대인간이 무섭다더니 지금은 사랑에 빠졌다, 이 말이지!'

"그런데 문제가 있어."

그의 말에 내 생각의 흐름이 끊어졌다.

'말해봐. 최악의 경우를 각오할게.'

"난 안자 공주를 사랑하고 있어."

'그렇군. 거 참, 내가 걱정하던 바로 그런 사태야.'

"너한테 전부 이야기해야겠어. 나는 아침 일찍 대왕마마의 순종 말을 산보시키고 있었어. 그때, 자줏빛 사리를 걸친 공주가 시녀들과 함께 숲에 나타난 거야. 나는 내가 환영을 보고 있는 줄 알았어. 숲의 요정이 나타나 내게 마술을 거는 거라고 믿을 정도였어. 아, 얼마나 아름답던지! 오만하고 위엄 있고 당당했어. 안자 공주는 구릿빛 두 발로 땅을 스치듯 사뿐사뿐 걷고 있었지. 한 걸음 한 걸음 뗄 때마다 우아한 발목에 두른 발찌가 서로 부딪치며 찰그랑찰그랑 듣기 좋은 소리를 냈고, 사리에 입힌 금박은 새벽 햇살을 받아 반짝였어. 공주의 몸에서는 아주 눈부신 광채가 뿜어져 나왔고, 푸른빛이 도는 검은 머리칼은 반대로 빛을 흡수해서 간직하는 것처럼 보였어. 나는 말안장 위에 앉은 자세 그대로 굳어버렸어. 숨도 가까스로 쉴 정도였지. 그런데 폐하의 그 순종 말은 기가 막히게 아름다운 공주를 보고도 별 감동을 받지 못했나봐. 녀석은 내 마음과는 정반대로, 앞발을 들어 땅을 걷어차기 시작했거든. 그제야 비로소 공주가 내 존재를 알아차렸어. 공주는 매혹적인 커다란 검은 눈으로 나를 바라보았고, 순식간에 내 영혼을 불태웠어. 나는 빈 껍질, 속이 텅 비어버린 육체에 지나지 않았어. 나는 온통 그녀의 것이었단 말이야. 그녀는 가냘픈 손을 들어 나에게 손짓했어. 내 얼굴은 공주가 걸친 사리 빛깔처럼 새빨개졌어. 시녀들이 킥킥 웃기 시작했지. 공주도 살짝 미소를 지었어. 도톰한 입술이 양옆으로 늘어나면서 가지런한 진줏빛 치아가 드러났어. 공주는 우아하게 고개를 옆으로 숙여 마두리에게 무슨 말인가를 속삭였어. 마두리는 내가 어렸을 때 내 머리채를 잡아당겼던 몹쓸 여자야. 바보 같은 마두리는 키득키득 웃으며 내게 짓궂은 눈길을 던지더니, 손으로 입을 가리고는 귓속말로 공주에게 무슨 비밀을 털어놓는 듯했어. 나는 돌아서서 도망을 쳤지. 내 등 뒤에서 웃음소리가 터져나왔어."

　'옳거니. 한데 애야, 그렇다고 곤경에서 벗어난 건 아니잖니.'

그날 밤은 참으로 수선스러웠다. 신경질적인 걸음걸이로 내 앞을 오락가락하는 그림자가 있었단 말이다. 그림자는 땅이 꺼져라 한숨을 내쉬더니 갑자기 멈춰 섰다. 그리고 침묵, 이어지는 기다림. 그러나 아무 일도 일어나지 않았다. 그러더니 이내 사그락사그락 비단 구겨지는 소리를 내면서 그림자는 다시 그 짜증스런 보행을 시작하는 것이었다.

갑자기 내 밑동 쪽에서 풀잎 스치는 소리가 났다. 그림자는 화들짝 놀라더니 귀를 기울였다.

마른 나뭇가지 부러지는 소리가 나더니, 또하나의 그림자가 숲에서 나와 내 쪽으로 다가왔다.

"공주님, 전갈을 받고 급히 달려왔습니다만."

낯익은 목소리였다.

"아, 마부, 이리 가까이 오라."

공주님이 무뚝뚝한 어조로 그의 말을 막았다.

놀란 우트카르쉬의 입이 바보처럼 벌어졌다.

"어서, 가까이 오라고 내가 말하지 않느냐."

그녀가 짜증을 냈다.

추상 같은 명령에 나의 대자는 분부대로 했다.

공주가 청년의 얼굴을 유심히 살펴보았다.

"마부, 그대는 아름답구나. 내 생각이 틀리지 않았어."

"공주님, 저를 놀리지 마십시오. 제 손과 얼굴이 더럽다는 것을 저도 잘 알고 있습니다."

"놀리는 게 아니야. 그대는 정말 아름다워. 내게 키스해다오."

우트카르쉬는 깜짝 놀라 벌어진 입 때문에 턱이 땅에 닿을 지경이었다.

'뭐 하냐? 어서 해, 멍청아. 저런 여자는 아무 때나 만날 수 있는 상대가 아니야! 여자가 얼떨떨해질 정도로 진하게 키스를 하란 말이야!'

"망설이는가? 내가 그대 마음에 안 드는 모양이지?"

공주님이 물었다.

"아닙니다, 공주님, 그런 게 아니에요. 공주님은 아름다우세요. 달님도 오늘 밤엔 감히 나오지 못했어요. 공주님의 광채에 초라해질까 두려워서 말입니다."

'바로 그거야, 내 대자! 브라보! 넌 지금 제대로 하고 있는 거야!'

떨기나무의 명예를 걸고 하는 말이지만, 사실 공주는 꽤 괜찮은 여자였다. 내 감히 말하건대, 아름다운 생물이라고나 할까? 세상에, 내가 별소리를 다 하는군.

"한데 어째서 주저하는 건가, 마부? 공주인 내가 그대에게 키스를 명하지 않는가!"

'이것 참! 성질머리 좀 봐!'

내 대자는 고개를 숙이더니, 마치 제 자신에게 말하듯 이렇게 중얼거리는 것이었다.

"다름이 아니라 당신이 공주님이신 까닭에 키스를 할 수가 없습니다."

'아, 안 돼! 도대체 누가 저 따위 한심한 바보를 내게 맡겼단 말인가!'

"마부, 이름이 무엇이냐?"

공주가 상냥하게 물었다.

"우트카르쉬입니다."

"나는 이제 공주가 아니고, 그대 역시 마부가 아니다. 나는 안자고 너는 우트카르쉬야. 자, 이제 키스해줘."

우트카르쉬는 얼굴을 천천히 그녀의 얼굴 가까이로 숙이고, 마치 꿈을 꾸듯이 짧은 순간 그녀의 향기를 들이마신 다음, 마침내 바르르 떨리고 있는 그녀의 붉은 입술에 조심스럽게, 그러나 목마른 사람처럼 탐욕스럽게 입을 맞췄다. 그의 한 손이 그의 의지와 따로 움직이듯 올라가더니, 젊은 여자의 짙은 머리칼 위에 내려앉았다. 그 다음은 일사천리로 진행되었다. 그러다가 우트카르쉬는 불에 덴 것처럼 갑자기 손

을 떼고 키스를 멈추더니 재빨리 뒤로 물러
났고, 균형을 잃고는 뒤로 넘어졌다.

얼굴이 새빨개진 우트카르쉬는
숨을 몰아쉬면서 나지막이 말했다.

"요, 용서하세요, 공주님."

그녀도 토라져서 우트카르쉬와 나란히 풀밭에 털썩 주저앉고 말
았다.

"아니, 공주님이 아니라니까. 빌어먹을 참새 대가리 같은 놈아!
내 이름을 불러."

"저는……"

" '저는……' 이 아니야. 내 이름을 불러보라구."

"음……"

그녀의 커다란 검은 눈이 애원하는 듯했다.

"우트카르쉬, 제발……"

"안자."

이번에는 안자가 우트카르쉬를 껴안았다.

그제야 나는 잎사귀들을 바르르 떨면서 가벼운 안도의 한숨을 내
쉴 수 있었다.

자, 이제 나는 바보 같은 말을 할 것이다. 용서하시라. 사랑이란,
그럼에도 불구하고 참 아름다운 거다.

그 다음날, 한 남자가 내가 있는 숲속 빈터에서 뭔가를 기다리고

있었다. 대체 어찌 된 거지!

그는 키가 크고 호리호리하고 기품 있고 거만한 풍모를 지닌, 가슴은 자만심으로 가득 찬 그런 남자였다. 옆구리에 찬 덜거덕거리는 빛나는 검이며, 손가락마다 낀 반지들, 수놓은 아름다운 옷으로 보아 틀림없이 부자인 것 같았다. 그는 거칠게 재단된 듯한 이목구비를 단정하게 자른 보기 좋은 턱수염으로 꾸미고 있었다. 그의 입은 기다리기 싫어하는 사람의 비죽거림으로 굳어져 있었고, 가늘고 긴 눈은 완벽한 솜씨로 칠해진 눈화장으로 더욱 돋보였다. 그 눈길에선 금속성 광채가 번득였다.

저런 작자는 내가 아주 싫어하는 타입이라 할 수 있지.

마침내 그자가 기다리던 일이 일어났다.

수상쩍은 거동의 한 남자가 고꾸라질 듯 몸을 굽힌 자세로 달려왔다. 시종이 분명했다. 그는 주인 곁으로 오자 코가 땅에 닿도록 절을 하고선, 다음과 같은 말들을 청산유수로 죽 읊어내리는 것이었다.

"고귀하신 프라샨트 나리, 이 비천한 종놈이 나리께 공손하게 용서를 구합니다. 제가 늦은 이유는……"

"아누트, 너의 변명 따위는 아무래도 좋다."

남자는 벌떡 일어나면서 시종의 말을 잘랐다.

"너는 그에 합당한 처벌을 받게 될 것이다. 그 점을 명심하거라. 하나 그것은 지금의 내 관심사가 아니다. 내게 답변을 들려다오."

아누트라는 이름의 남자는 파랗게 질리더니, 몸을 잔뜩 움츠리고 말을 더듬기 시작했다.

"그, 그러니까 대왕마마께서는…… 나, 나리마님의 후, 훌륭한 서, 선물에 대해 매우 기쁘다고 말씀하셨을 뿐 아니라 결혼에 대, 대해서도 찬성하셨습니다. 하, 한데…… 한데 공주님께서……"

"공주님께서?"

프라샨트 나리는 위협하는 어조로 재촉했다.

"하, 한데 고, 공주님께서……"

"아누트, 만일 네가 우리의 결혼에 대해 안자 공주께서 하신 말씀을 한 마디라도 빠뜨리고 고한다면, 내 너를 네놈이 태어난 날 지옥에 떨어지게 할 것이다."

불쌍한 아누트의 두 눈은 더욱 휘둥그레졌다.

"아, 안자 공주님께서…… (그는 가까스로 우물우물 말했다) 제 앞에서…… 폐하께 말씀드리기를…… (띄엄띄엄 말을 하더니 갑자기 일사천리로 끝을 맺는다) 자신의 마음은 이미 다른 사람에게 가 있으므로, 나리와 결혼하느니 차라리 죽는 편이 낫겠다고 하셨습니다. 그러므로 만일 결혼을 강요한다면, 공주님은 스스로 목을 찔러 죽을 것이며 나리는 나락*에 떨어져 산 채로 불태워질 거랍니다. 이상이 공주님께서 하신 말씀입니다. 저를 용서하십시오, 고귀하신 나리."

아누트는 다시 바닥에 납작 엎드렸다.

프라샨트의 시선에서 번득이던 금속성 광채는 어느덧 시뻘겋게 달아 지글거리는 쇠로 변해 있었다. 그는 호랑이가 포효하는 듯한 소

---

* 힌두인들의 지옥을 말한다.

리를 지르며 검을 뽑아 아누트의 머리 위로 치켜들었
다. 아누트는 두 팔로 자신의 얼굴을 가렸다. 그렇게
하면 자신을 보호할 수 있다고 믿는 듯이.

"그자가 대체 누구냐?"

프라샨트가 고함을 질렀다.

"목숨만 살려주십시오, 나리. 자비를, 자비를
베풀어주세요!"

"대답하라! 그자가 누구냐?"

"제가 공주님의 시녀를 협박해서
물어봤습죠. 고, 공주님은 우
트카르쉬라는 마부를 사랑
하신답니다."

"흠, 마부라!"

그 순간 프라샨트 나리에게 고귀한 구석이라곤 눈을 씻고 찾아봐
도 없었다. 그는 여전히 검을 치켜든 채 분노로 온몸을 부들부들 떨고
있었다. 나는 '우트카르쉬가 엄청나게 골치 아프게 생겼구나' 하고 생
각했다.

그런데 이상하게도 프라샨트는 아누트를 죽이지 않았다. 그는 어
느 정도 마음이 가라앉은 듯싶었다. 이윽고 그의 얼굴에 아주 나쁜 생
각, 장난이 아니라 진짜로 못된 생각을 하는 자의 표정이 떠올랐다. 그
는 야릇한 미소를 지었는데, 그 미소는 화가 나서 튀어나온 두 눈보다
훨씬 더 무서웠다. 그는 천천히 검을 내렸다.

"그래, 공주가 한낱 마부를 사랑한다, 그 말이지."

프라샨트는 내가 싫어하는 말투로 말했다.

"예, 예, 그렇습니다. 사실입니다, 나리. 정말이에요."

"됐다. 일어나라, 아누트. 마마를 뵈러 가자."

"나리, 대왕마마를 뵈러 가신다고요?"

"그렇다. 우리가 가서 당신의 딸이 일개 마부를 사랑한다고 말씀드리자. (그는 마부라는 말을 마치 욕이라도 하듯 내뱉었다) 그러면 마마께서는 그 사실을 알게 되어 다행이라고 기뻐하실 거다. 그런 다음, 그 뻔뻔스런 여자에게 가서 말하겠다. 만일 나와 결혼하지 않으면, 그 보잘것없는 놈에게 가혹한 형벌을 가한 후 죽여버리겠다고 말이야. 자, 일어나라, 아누트. 가자."

내 대자에게 고약한 일이 생기리라는 예감이 든다. 벌써부터 좋지 않은 냄새가 나는 것만 같다. 그건 거름 냄새 때문은 아닐 것이다.

두 연인은 얼기설기한 내 나뭇가지 속에 숨어 꼭 껴안은 채 서로의 숨결과 꿈을 섞어가며 잠자고 있었다. 그러는 동안 밖에서는 개들과 사람들이 짖어댔다.

두 사람이 여기 온 것은 밤이 되기 조금 전이었다. 우트카르쉬가 말했다.

"우리 여기서 멈춰요. 당신 발목이 아파서 더 멀리 갈 수 없을 거예요."

"아니야. 계속 가도록 해."

안자는 다리를 절룩거리면서도, 찡그리지 않으려고 애써 아픔을
참았다.

"여길 떠나야 해. 나 별로 아프지 않아."

"당신은 아파요. 그러니 여기서 멈춰요."

우트카르쉬가 단호하게 대꾸했다. 그리고 안자를 안심시키기 위
해서인 듯 덧붙여 말했다.

"이곳은 선한 정령이 다스리는 곳이에요. 그들이 우리를 보호해줄
겁니다."

그 말에 안자는 눈물바다가 되도록 펑펑 눈물을 흘렸다.

"왜 도망가야 해? 왜 우린 서로 사랑하면 안 돼? 그들이 우릴 쫓아
오고 있어. 우린 졌어!"

우트카르쉬는 아무 말도 하지 않고 내 곁에 와서 앉았다.

내가 나서서 그들을 돕지 않으면 안 되었다. 나는 강력한 수면 향
기를 뿜어서 공기와 조금 섞어 두 사람을 잠들게 한 후, 가지들을 무성
하게 하여 그들을 덮어 보이지 않게 했다.

두 연인은 평화롭게 잠을 잤다. 그때 영주 프라샨트와 그의 종복
들이 나락에서 방금 빠져나온 듯한 무시무시한 검은 개를 데리고 내
빈터에 불쑥 나타났다.

"찾아라, 라바나. 샅샅이 찾아봐."

프라샨트는 괴물 같은 개의 목에 매달린 줄을 조절해가면서 이를
갈듯 말했다.

라바나는 이빨을 드러내고 으르렁거리면서 번들거리는 코를 초록

빛 풀 속에 처박고 오랫동안 냄새를 맡더니, 별안간 나를 향해 크고 새까만 고개를 쳐들고 으르렁대기 시작했다.

'틀렸어. 이젠 끝장이야.'

내게는 그들을 모두 잠들게 할 시간도 능력도 없었다. 프라샹트는 위험할 정도로 내게 가까이 다가오고 있었다. 그가 내 나뭇가지들을 헤치려고 손을 내밀었다. 나는 잎사귀들로 그의 면상을 후려갈겼다.

처음에는 불시에 얻어맞고 얼이 빠져 얼떨떨해하던 그는, 내가 두 번째로 따귀를 갈기자 재빨리 뒤로 물러서서 두 볼을 비비며 투덜거렸다.

"귀신 들린 떨기나무인가?…… 어디 한번 알아볼까."

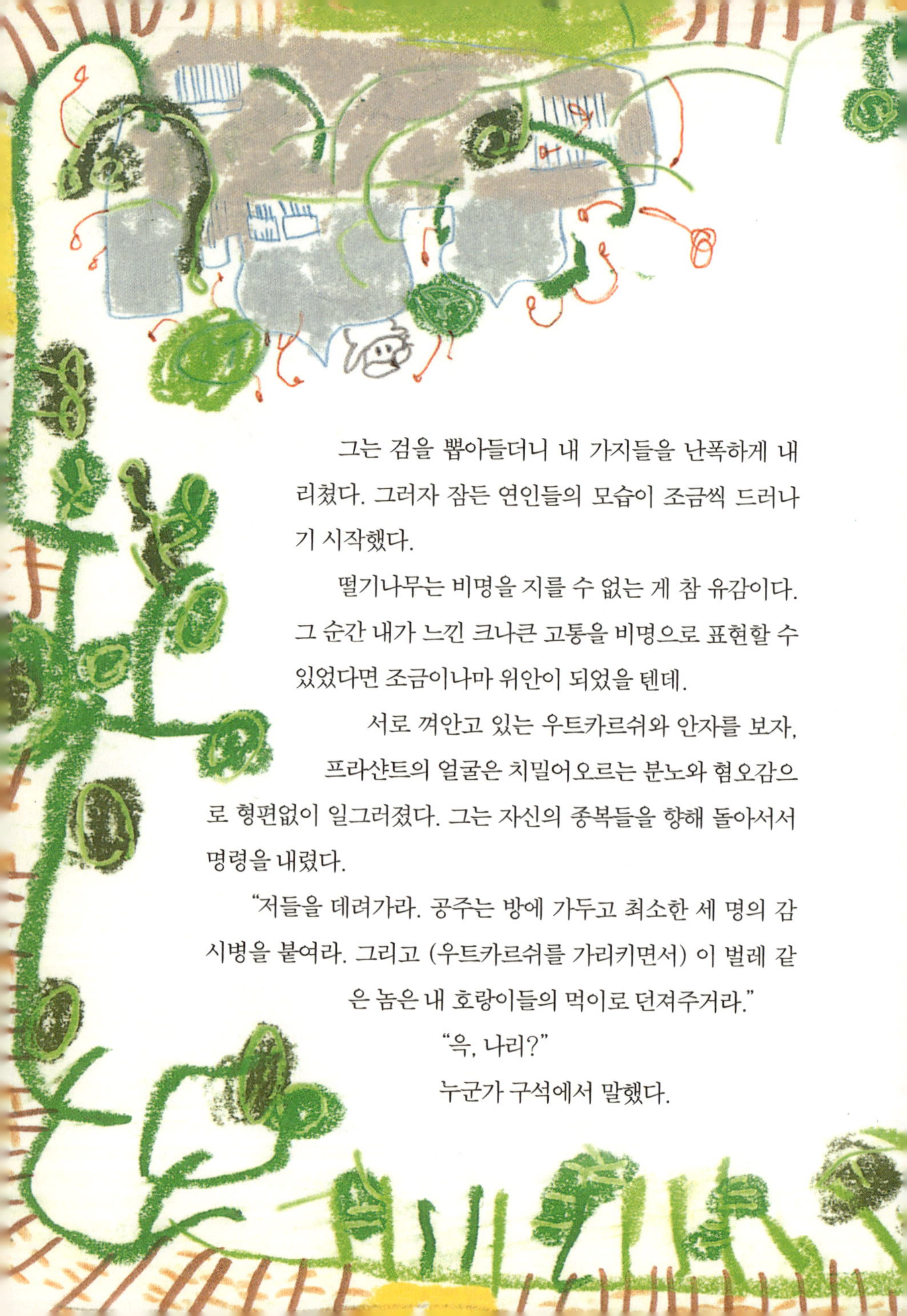

그는 검을 뽑아들더니 내 가지들을 난폭하게 내리쳤다. 그러자 잠든 연인들의 모습이 조금씩 드러나기 시작했다.

떨기나무는 비명을 지를 수 없는 게 참 유감이다. 그 순간 내가 느낀 크나큰 고통을 비명으로 표현할 수 있었다면 조금이나마 위안이 되었을 텐데.

서로 껴안고 있는 우트카르쉬와 안자를 보자, 프라샨트의 얼굴은 치밀어오르는 분노와 혐오감으로 형편없이 일그러졌다. 그는 자신의 종복들을 향해 돌아서서 명령을 내렸다.

"저들을 데려가라. 공주는 방에 가두고 최소한 세 명의 감시병을 붙여라. 그리고 (우트카르쉬를 가리키면서) 이 벌레 같은 놈은 내 호랑이들의 먹이로 던져주거라."

"으, 나리?"

누군가 구석에서 말했다.

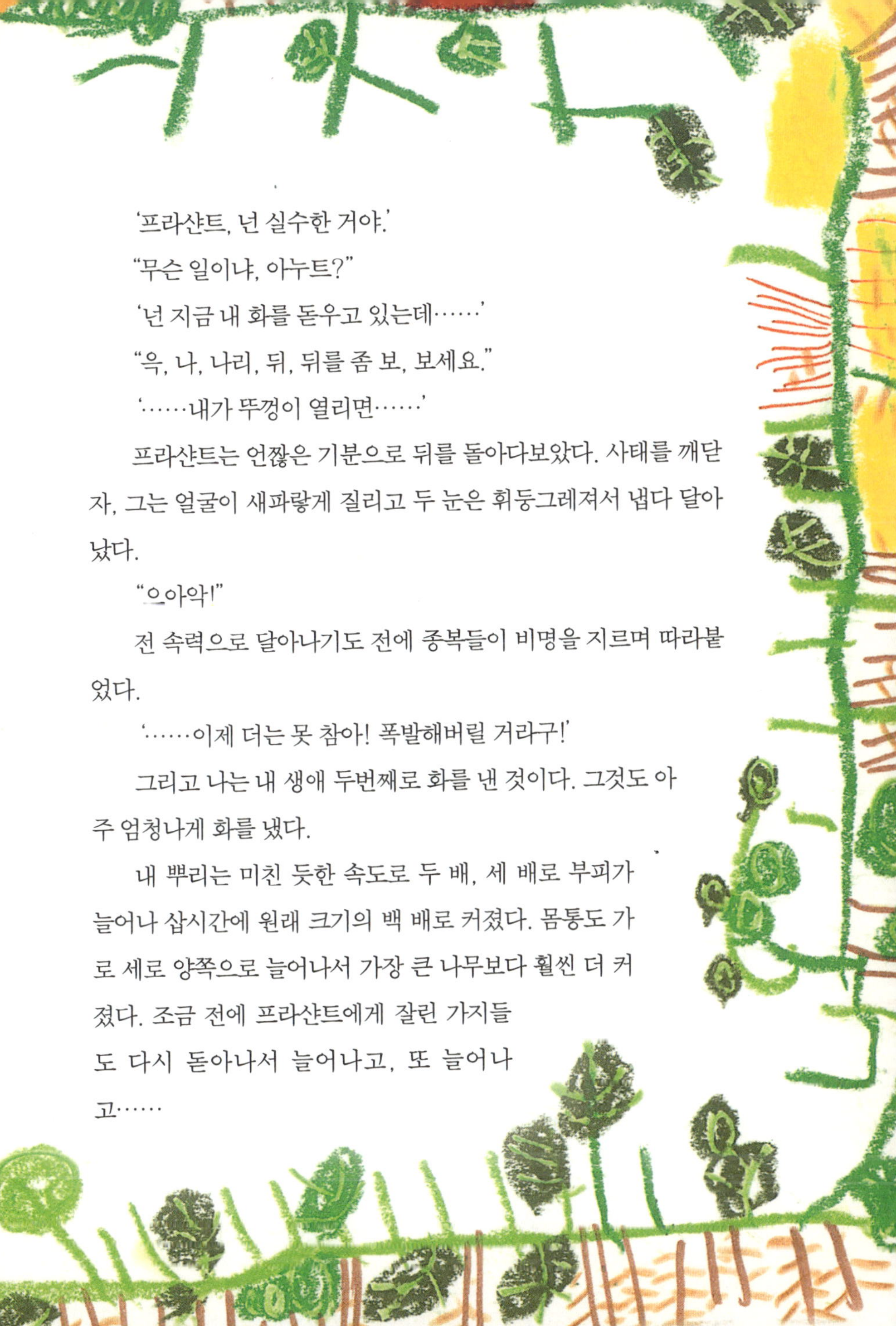

'프라샨트, 넌 실수한 거야.'

"무슨 일이냐, 아누트?"

'넌 지금 내 화를 돋우고 있는데……'

"윽, 나, 나리, 뒤, 뒤를 좀 보, 보세요."

'……내가 뚜껑이 열리면……'

프라샨트는 언짢은 기분으로 뒤를 돌아다보았다. 사태를 깨닫자, 그는 얼굴이 새파랗게 질리고 두 눈은 휘둥그레져서 냅다 달아났다.

"으아악!"

전 속력으로 달아나기도 전에 종복들이 비명을 지르며 따라붙었다.

'……이제 더는 못 참아! 폭발해버릴 거라구!'

그리고 나는 내 생애 두번째로 화를 낸 것이다. 그것도 아주 엄청나게 화를 냈다.

내 뿌리는 미친 듯한 속도로 두 배, 세 배로 부피가 늘어나 삽시간에 원래 크기의 백 배로 커졌다. 몸통도 가로 세로 양쪽으로 늘어나서 가장 큰 나무보다 훨씬 더 커졌다. 조금 전에 프라샨트에게 잘린 가지들도 다시 돋아나서 늘어나고, 또 늘어나고……

나는 가지들이 왕의 궁전까지 뻗어가도록 내버려두었다. 가지들은 궁전을 공격했다. 졸고 있는 경비병들을 깨웠고, 창문 위로 뻗어올라갔고, 엄청난 녹색 물결이 되어 방 안으로 밀려들어갔다.

얼마 후, 한 어린 시종이 잎이 무성한 미로를 헤치고 가까스로 전진해서 왕을 깨우러 갔다.

배가 불룩 튀어나온 왕은 눈을 떴지만, 자신이 아직도 꿈속에 있다고 믿었다. 어린 시종이 그의 잘못을 일깨워주었다.

"아닙니다, 대왕마마. 꿈이 아니에요. 이 가지들이 밤새 궁전으로 쳐들어왔습니다."

"그렇다면 잘라내지 않고!"

왕은 침대에서 몸을 오그린 자세로, 머리 위에 만들어진 나무 등걸 천장을 뚫어져라 쳐다보면서 고함을 질렀다.

"바로 그게 문제랍니다, 대왕마마."

어린 시종이 침착하게 대답했다.

"호위병들이 가지를 하나 자르면, 거기서 즉시 여남은 개가 돋아나 훨씬 더 무성해지는 걸요. 그래서 저희는 마마를 깨우는 게 상책이라고 생각했습니다."

"이 망할 놈의 나뭇가지들에게, 여긴 내 집이니 다른 곳을 알아보라고 말하라! 한밤중에 나뭇가지들이 왕의 궁전을 공격하다니, 원 세상에!"

왕은 황금 수가 놓인 이불을 턱수염까지 끌어올리며 탄식했다.

"마마, 이렇게 하면 어떨는지요."

"말해보라."

"저는 식물들과 새들의 말을 할 줄 아는 스와미*를 한 사람 알고 있습니다. 그가 우리를 도울 수 있을 겁니다."

"좋다, 뭘 꾸물거리느냐? 가라. 어서 가서 그를 데려오너라!"

시종은 서둘러 그 스와미를 궁전으로 데려왔다. 그는 성자들이 입는 오렌지색 드오티**를 걸치고 있었다.

지혜롭고 선한 사람인 스와미는 내가 밤중에 궁전으로 침입해 들어간 이유와 내 요구사항들을 참을성 있게 들어주었다. 두세 번 고개를 끄덕이기도 했고, 동의를 표하는 소리를 내기도 했다. 그리고 잠시 생각에 잠긴 듯싶더니, 용감하게도 궁정 밖으로 피신을 나온 왕에게 가서 내 말을 전했다.

"뭐라고?"

왕은 너무 놀라서 자신의 턱수염을 삼킬 뻔했다.

"그것이 나무가 제게 한 말입니다."

스와미는 침착하게 반복해서 말했다.

"나무는 영주 프라샨트가 마마의 영토에서 추방되고, 안자 공주님이 마부 우트카르쉬와 결혼하기를 바라고 있습니다. 결혼식은 궁전 근처 숲의 빈터에서 거행되었으면 한다는군요."

---

* 힌두어로 '성자(聖者)'를 의미한다.

** 인도 사람들이 몸 둘레에 감는 천.

"자네 말이 농담이길 바라네."

"농담이 아닙니다, 마마."

"그런 일은 꿈도 꾸지 말라고 이르게! 공주가 마부와 결혼을 하다니! 그런 일은 있을 수 없어!"

"나무의 말로는, 마마께서 마부 우트카르쉬에게 영토의 절반을 떼어주실 경우, 공주님께서는 마마와 똑같이 부유하고 권력 있는 남자와 결혼을 하게 되는 거라고 합니다."

"흠, 흠, 그것 참! 내 영토의 절반을 마부에게 주라니! 떨기나무 주제에 웬 허무맹랑한 이야기를 한단 말이냐! 그리고 어째서 내가 그깟 나무에게 복종해야 한단 말이냐. 내가, 이 왕이, 응?"

"만일 나무의 말을 따르지 않으시면……"

스와미는 진지한 태도로 말을 이었다.

"마마의 삶은 끔찍해질 것입니다. 나무 말로는, 그렇게 되면 마마께서는 공기가 아닌 저 나무의 잎사귀들을 들이마시게 될 거랍니다. 마마, 제가 만일 마마의 입장이라면, 저는 이 위협을 진지하게 받아들일 겁니다. 하룻밤 동안 마마의 궁전 전체를 함락한다는 것은 아무 떨기나무나 할 수 있는 일이 아닙니다."

결혼식은 성대했다. 식은 두 달 동안 계속되었고, 관례대로 끝없이 오랫동안 이어지는 일련의 축하행사들이 뒤를 따랐다. 내가 원했던 대로 결혼식이 내 빈터에서 거행된 것은 물론이다.

오, 걱정하지 마시라. 내 가지와 뿌리들은 벌써 거둬들였으니까.

그런데 그걸로 내가 무엇을 했는지 궁금하지 않은가? 난 그것들을 죄다 땅속 깊이 묻어버렸다. 그렇게 깊은 곳에, 그렇게 많은 뿌리들이 묻혀 있으니, 누가 나를 백번 천번 벤다 해도 끄떡도 없다. 언제든 다시 자라날 수 있을 테니까.

그날은 해님도 평소보다 수천 배는 더 밝게 빛났다. 결혼식에는 가까운 사람들만 참석하기로 결정을 보았다. 그래서 무희와 음악가들을 빼면 사오백 명의 하객만 참석한 것이다.

사파이어가 총총히 박힌 흰색 쿠르타를 입은 우트카르쉬는 진짜 왕자님처럼 보였다. 사람들이 이들 아름다운 한 쌍을 베일로 덮었다.

그리고 우트카르쉬가 사랑하는 여자의 이마에 신도르*를 찍을 수 있게 되었을 때, 나는 그만 눈물을 흘리고 말았다. 떨기나무 잎에서 물이 흘러내리는 것을 보고 하객들이 느낀 놀라움 따위는 아무것도 아니었다. 나는 젊은 신혼부부에게 최상의 선물을 하기로 작정한 터였다. 나는 세포들을 분주히 움직였고, 그렇게 해서 만들어진 새빨간 꽃봉오리를 가지 끝에 내밀었다. 봉오리는 순식간에 피어서 고운 레이스 같은 꽃잎이 달린 향기로운 커다란 꽃으로 바뀌었다. 내 생애 최고의 작품이었다. 우트카르쉬는 그 꽃을 보고는 내게로 다가와 조심스럽게 꽃을 따서 신부의 머리에 꽂아주었다. 신부는 감사의 표시로, 관습에 어긋날뿐더러 엄중히 금지된 일인데도 불구하고, 열렬하게 신랑을 끌어안고 키스를 했다.

두 사람은 얄미울 정도로 행복하게 살았고, 줄줄이 많은 아이들을 낳았다.

나는 언제나 이야기가 이렇게 끝나기를 꿈꾸어왔다.

---

* 결혼한 인도 여자들이 이마에 찍는 빨간 점.

수호천사

"그럼 우리 엄마 아빠는 하늘나라에 계신 거예요?"

"가슴을 펴라. 그렇게 등을 구부리면 보기 흉해. 넌 원숭이가 아니란다, 제기랄!"

그는 한숨 돌리고 나더니, 문득 눈이 휘둥그레져서 손가락 끝으로 가볍게 입가를 만졌다. 손가락들이 어찌나 하얀지 투명해 보일 지경이었다. 그는 바보 같은 말을 하고 난 사람들이 어쩔 줄 몰라하는 태도로 물끄러미 천장을 바라보면서 이렇게 중얼거렸다.

"미안해."

어린 소년이 다시 질문을 퍼붓기 시작했다.

"엄마 아빠는 하늘나라에 계신 거죠?"

"그래. 그렇단다, 조제프. 하늘나라에 계시단다."

천사는 한숨을 쉬며 내뱉듯이 말했다.

"아!"

조제프는 한동안 말이 없었다. 천사는 자신의 무릎에 떨어진 깃털 몇 개를 손등으로 털어냈다.

"거짓말 아니죠?"

"무슨 말인지 통 모르겠구나."

"음, 아마 지옥에 계실지도 몰라요. 어쩌면 하늘 같은 건 아예 없을 수도 있죠. 어쩌면……"

"조제프!"

천사는 진짜로 충격을 받은 것 같았다.

"미안해요, 수호천사님. 하지만 전 알아야 해요. 엄마 아빠는 지옥에 갈 만한 일은 전혀 안 하셨지만, 그래도 제 머릿속은 의문들로 가득 차 있고 뭐가 뭔지 잘 알 수가 없어요. 너무 복잡해요. 하나도 모르겠어요……"

"알았다, 조제프. 내 반응이 신속하지 못했던 것 같구나. 하지만 난 절대로 거짓말을 하지 않는다는 것, 그리고 정말 하늘나라가 없다면 내가 너와 함께 여기 있을 수도 없다는 것을 알아야지."

"그런데 왜 엄마 아빠가 아니라 저를 구하셨나요?"

그때 갈색 콧수염을 기른 검표원이 말했다.

"차표 좀 보여주세요."

천사가 차표를 내밀자, 검표원은 차표에 구멍을 낸 후 심하게 코를 골고 있는 맞은편의 뚱뚱한 금발 여자의 표를 검사하러 갔다.

천사는 다시 한숨을 내쉬었다. 그의 숨결에서는 딸기사탕 냄새가 풍겼다. 조제프는 그의 얼굴을 꼼꼼히 살펴보았다. 피부는 구름으로 만들어진 듯했고, 두 눈은 여름 하늘처럼 새파랬으며, 머리칼은 얇은 금박을 입힌 것처럼 보였다. 조제프는 늘 상상해온 그런 모습이 아닌 천사였으면, 하고 바랐는데.

아무튼 그는 천사다. 날개와 그 밖의 모든 것을 지닌 진짜 천사, 게다가 바로 나의 수호천사이다. 난 내가 수호천사를 가지게 되리라고는 상상도 못 했다. 그런데 어느 날 한밤중에 천사가 내게로 와서 잠을 깨우면서 이렇게 밀했다.

"조제프! 일어나, 조제프! 떠나야 해, 빨리!"

그래서 나는 눈을 떴고, 그를 보게 되었다. 방 안은 어두웠지만 천사가 개똥벌레처럼 빛을 밝혀주었다. 내가 그를 천사라고 믿게 된 이유는 그의 모습이 정말로 천사처럼 보인데다가, 그때는 너무 피곤해서 깊이 생각할 겨를이 없었기 때문이다. 그래서 좋다고 말하고 그를 따라간 것이다.

우리는 집에서 뛰쳐나왔다. 집 밖에 있는데, 집이 쾅 하고 폭발했다. 나는 집을 돌아보지 못했다. 천사가 말렸기 때문이다. 하지만 불에 탄 나무 조각들이 여기저기 날아다녔고, 주위가 온통 캄캄하고 우중충한데도 등뒤로 뜨거운 기운이 느껴졌다. 나는 천사의 말을 거역하고 집을 돌아다보았다. 그때 내 눈에 불길로 만들어진 엄청난 괴물이 혀를 날름대며 집을 통째로 삼키고 있는 장면이 보였다. 맹세하건대 사실이다. 난 그 괴물의 얼굴을 보았고, 괴물이 엄청나게 커다란 입으로 우리집을 삼키고 있는 모습을 보았다. 놈의 머리칼은 시커먼 연기였고, 두 눈은 커다랗고 시뻘겠다. 한순간, 놈이 식사를 멈추고 나를 쳐다보았다. 단지 몇 초에 불과했지만, 내게는 몇 시간처럼 느껴졌다. 그리고 내 귀에는 이렇게 속삭이는 놈의 목소리가 들려오는 것이었다.

"다시 오겠다, 조제프. 이번엔 널 놓쳤지만, 다시 오게 되면 널 반드시 데려가마."

그리고 우지끈 소리가 나면서 집의 지붕이 무너져내렸다.

수호천사가 나를 불렀다.

"조제프, 빨리 와! 서둘러! 여기 있으면 안 돼. 조제프, 어서 와!"

그래서 나는 천사에게로 뛰어갔다. 내 생전 그렇게 빨리 뛰어본 적은 없을 것이다. 그에게 도착했을 땐 거의 숨이 막힐 지경이었고, 눈물이 저절로 줄줄 흘러내렸다. 나는 울고 또 울었다. 도저히 울음을 그칠 수가 없었다. 나는 속으로 생각했다. '엄마 아빠는 죽었어. 온몸이 불길로 된 괴물에게 잡아먹혔어. 그리고 그 커다란 괴물은 나를 잡으러 다시 오겠다고 말했어.'

수호천사는 아무 말도 하지 않고 내가 울도록 잠시 내버려두더니, 갑자기 나를 자기 품에 꼭 껴안았다. 아주 부드럽고 따스한 솜 같은 안개 속에 있는 듯한 느낌이 들었다. 천사의 심장이 뛰는 소리가 들렸다. 천사의 심장은 몹시 천천히 뛰었다. 인간의 심장보다 훨씬 느렸지만 훨씬 더 힘차게 뛰었다. 그것은 일종의 음악 소리였다. 파도 소리, 나뭇잎 사이를 지나는 바람 소리, 지붕 위에 떨어지는 빗방울 소리, 소라

껍데기 안에서 들려오는 소리, 자박자박 풀 위를 걷는 소리, 이런 소리들을 합친 듯한 소리가 감미로운 음악처럼 들려왔다. 음 하나하나가 작은 콩알들이 콩깍지 밖으로 퉁겨져나오듯 귓속으로 떨어지면서 천천히 이어지는 그런 음악 말이다. 천사의 심장은 마치 배경음처럼 쿵쿵 쿵 하는 소리를 냈다. 그 음악을 듣고 있지니, 내 가슴속에서 태양이 환히 빛나는 것 같았다. 그래서 나는 울음을 그쳤고, 수호천사의 품에 안겨 잠이 들었다.

"종점입니다! 모두 내리세요!"

기차에서 내리면서 조제프는 배가 쪼르륵거리는 것을 느꼈다. 하긴 아침부터 아무것도 못 먹었으니까. 그는 천사의 옷깃을 잡아당겼다.

"나 배고파요, 천사님."

"조금만 참아, 조제프. 할머니 댁에 거의 다 왔어."

조제프의 배가 또다시 쪼르륵거리는 소리로 응답했다. 천사는 다시 한숨을 쉬더니(정말이지 그는 한숨을 자주 쉬었다), 두 날개를 쫙 펼쳤다. 날개는 천사 뒤편에 있던 승객들에게 부딪혔고, 승객들은 투덜거리기 시작했다. 하지만 천사는 전혀 개의치 않았다. 백조의 날개 같은 천사의 날개는 햇빛을 받자 꿀색 같은 황갈색을 띠었다. 천사는 한쪽 날개를 잡아 약간 앞으로 끌어당기더니 깃털을 한 움큼 뽑아서 내미는 것이었다.

"자, 받아라, 조제프. 먹어봐. 내가 줄 수 있는 건 이게 전부야."

조제프는 약간 놀랐지만 마지못해 깃털 하나를 베어물었다. 조제

프의 놀라움은 점점 커졌다. 깃털에서 브리오슈*와 초콜릿, 단풍나무 시럽, 크레프,** 우유 맛이 났기 때문이다. 그는 부리나케 천사의 손에 있는 나머지 깃털들을 몽땅 먹어치웠다. 그러자 더이상 배가 고프지 않았다.

"맛있어?"

"굉장히 맛있어요."

천사와 조제프는 다시 출발했다.

키 큰 가로수들이 늘어선 비포장 도로에서, 그들은 무장한 남자들을 싣고 맞은편에서 오는 트럭과 마주쳤다. 낡은 트럭은 속력을 내지 못해 느리게 다가왔다. 배기통에서 나오는 시커먼 매연이 커다란 검은 바퀴가 일으키는 누런 흙먼지와 뒤섞였다. 안에 타고 있는 수많은 병사들은 멀거니 신발을 내려다보거나, 사진에 입을 맞추거나, 담배를 피우거나 혹은 낙심한 모습으로 구석에 웅크리고 앉아 있었다. 그렇지만 갈색 머리의 키가 큰 한 남자만은 짙은 녹색 눈으로 주변을 뚫어지게 바라보며 서 있었다. 조제프의 시선을 끈 이 남자는 코를 벌름거리고 입은 헤 벌린 채 두 팔을 벌리고 있었다. 마치 자신이 아직 살아 있다는 황홀한 느낌을 마지막으로 몸에 새겨넣으려는 것 같았다.

트럭은 차츰 멀어지다가 언덕길 너머로 사라졌다.

---

* 둥글게 부푼 모양에 작은 꼭지가 달린 빵.
** 밀가루, 우유, 달걀을 반죽해 넓적하게 부친 전병.

"천사님, 저 사람들 모두 어디로 가는 거예요?"

"전쟁터에 가는 거란다, 조제프. 죽고 죽이러 가는 거지."

"전쟁이요?"

"그래."

"전쟁을 하면 무엇에 득이 되나요?"

"아무 데도. 전쟁은 소수의 사람이 소수의 다른 사람에게 선포하는 거지. 서로 자기가 더 잘났다고 믿기 때문이란다. 전쟁이 시작되면 그들은 수많은 병사들을 끌어들이고, 병사들은 자기들이 알지도 못하는 명분을 위해 서로 죽인단다. 때로 그들이 땅을 조금 더 가지게 되는 수도 있는데, 그건 이미 피로 붉게 물든 땅이란다."

"무슨 말인지 잘 모르겠어요."

"몰라도 괜찮다, 조제프. 괜찮아. 이제 다 왔구나."

언덕길을 넘자 두 갈래 길이 나왔다. 우리는 작은 마을로 가는 길로 들어섰다. 그런데 참 이상했다. 마치 유령 마을 같다고나 할까. 집집마다 덧창이 닫혀 있었고, 길에는 한구석에서 몸을 잔뜩 웅크리고 있는 꾀죄죄한 노인을 제외하면 개미새끼 한 마리 보이지 않았다. 노인은 수호천사를 보자 눈물을 흘리기 시작하면서 제발 죽게 해달라고 간청했다. 천사는 그럴 수 없다고 대답했다. 그러자 노인은 어두운 구석자리에 쪼그리고 주저앉았는데, 어찌나 조그맣게 쪼그라들었는지 흘러내리는 굵은 눈물에 익사할 것만 같았다. 그러고도 몇 분을 더 걸어갔다. 낡았지만 꽤 커다란 집이 한 채 보였다. 수호천사는 우리 할머니가 저 집에 산다고 말해주었다. 그 말은 참으로 이상하게 들렸다. 나는 할머니를 한 번도 뵌 적이 없는 것은 물론, 할머니가 계시다는 사실조차 알지 못했기 때문이다.

수호천사가 문을 두드리자, 내 심장은 평소보다 빠르게 두근거리기 시작했다. 난 할머니가 어떻게 생기셨는지도 몰랐다. 그저 할머니는 굉장히 엄하실 거라는 생각만 들었을 뿐, 도통 짐작조차 할 수 없었다. 문을 열면서 우리에게 환하게 미소짓는 할머니의 모습을 보고 나서야 비로소 마음이 놓였다.

"안녕!"

할머니는 예쁜 목소리로 인사를 하셨다.

할머니의 눈은 검은색이고, 얼굴엔 온통 쪼글쪼글한 주름이 잡혀 있었으며, 머리칼은 뒤로 틀어올리고 있었다. 그 모습이 더욱 내 마음을 놓이게 했다. 할머니는 정말 할머니다운 모습이었던 것이다.

"안녕하십니까, 부인."

천사는 정중하게 말을 건넸다.

"저는 지금 여기 있는 부인의 손자 조제프의 수호천사입니다. 이게 제 증명서고요. 보시다시피 유효한 것이에요. 잠시 안으로 들어가도 되겠습니까?"

부인은 여전히 미소를 띤 채, 약간 흐리멍덩한 시선으로 천사와 조제프를 번갈아 쳐다보았다.

"오, 그럼요. 네, 들어오세요."

할머니는 두 사람이 지나갈 수 있을 만큼 옆으로 비켜섰다. 집 안

은 니스를 칠한 목재로 되어 있었고, 사기 골동품과 구식 레이스들로
꾸며져 있어 아늑한 분위기를 풍겼다.

"여기 소파에 앉아요."

조제프는 약간 퀴퀴한 냄새가 나는 에메랄드빛 벨벳 소파에 천사
와 나란히 앉았다. 조제프는 할머니의 태도가 마음에 걸렸다. 할머니
와 천사가 서로 끌어안고 볼을 비비면서 기쁨의 눈물을 흘릴 거라 믿
었는데, 그러기는커녕 "여기 소파에 앉아요"라니. 환영이라고 하기엔
뭔가 탐탁지 않았다.

할머니는 천사와 조제프 맞은편에 앉아 여전히 미소를 띤 얼굴로
천사가 먼저 입을 떼기를 기다렸다. 마침내 천사가 말했다. 천사의 목
소리는 매우 엄숙했다.

"부인, 저는 아주 나쁜 소식을 가져왔습니다. 단도직입적으로 말
씀드리지요. 부인의 아드님과 며느님이…… 죽었습니다. 애석한 사고
였어요. 그래서 조제프를 부인에게 맡기러 온 겁니다."

노부인은 눈을 두 번 깜박였다.

조제프는 일이 어떻게 되어갈 것인지 상상조차 할 수 없었다.

할머니는 밤색 안락의자를 향해 몸을 돌리더니, 의자에게 이렇게
물었다.

"당신 생각은 어때요, 조반니?"

그러고 나서 잠시 의자를 뚫어지게 바라보았다. 아니, 할머니가
바라본 건 사실 의자가 아니었다. 조제프는 할머니가 그 의자 위
의 어떤 형태에 시선을 고정시키고 있다는 느낌을 받았다.

192

할머니는 이해했다는 태도로 고개를 두어 번 끄덕이더니, 환하게 웃으면서 천사에게 말했다.

"조반니가 좋대요. 우리 어린 조제프를 여기 두셔도 돼요."

어린 조제프는 이제 더는 참을 수가 없었다. 조제프는 소파에서 벌떡 일어나 울부짖기 시작했다.

"뭐라고요? 말 다 했어요? 이웃 사람이 고양이라도 맡기러 온 것처럼 '좋아요, 어린 나비를 여기 두셔도 돼요'라고 하신 거예요? 우리 엄마 아빠가 죽었는데, 온통 불길로 된 괴물에게 잡아먹혔는데, 할머니는 의자한테나 말을 하고, 그게 다예요? 난 할머니를 생전처음 보는데, 의자에 앉으라는 말밖에 못 해요?"

"조제프!"

수호천사가 내 말을 중단시켰다.

조제프는 숨을 헐떡였다. 눈물로 앞이 뿌옇게 가려 잘 보이지 않았고 양쪽 볼이 따가웠다. 찬 공기를 들이마실 땐 목구멍이 따끔거렸고 내뱉을 땐 화끈거렸다.

할머니는 영문을 모르겠다는 표정으로 깨진 병 조각 같은, 몹시 낙심해 멍해진 눈으로 나를 바라보았다.

나는 그만 신물이 나서 뛰쳐나와버렸다. 수호천사가 뒤에서 "조제프!" 하고 큰 소리로 불렀지만, 그냥 문을 쾅 닫고 거리로 나와버렸다.

"너 왜 우는 거니?"

　조제프는 고개를 들었다. 너무 오랫동안 무릎에 고개를 처박고 있어서 이마가 얼얼했다. 양 볼과 눈썹에 나뭇잎에 매달린 빗방울처럼 붙어 있는 눈물을 닦고 난 조제프는 자신의 눈높이에서 분홍색 치맛자락이 부풀면서 펄럭이는 것을 보았다. 그리고 동그랗게 말린 윤기나는 곱슬머리, 주의 깊게 그를 바라보는 커다란 녹색 눈, 앵두같이 작고 빨간 입이 보였다. 그 입이 되풀이해서 물었다.

　"너 왜 우는 거니?"

　"난 고아야."

　"빌어먹을."

　여자 아이가 상스러운 말을 내뱉자, 조제프는 소스라치게 놀랐다. 그애는 조제프의 옆에 털썩 주저앉으면서 다시 상스러운 말을 내뱉었다.

　"거 참, 제기랄."

　"왜 그런 말을 하는 거야?"

　조제프가 물었다.

　"왜냐하면, 너네 노친네들이 죽었다면, 난 너랑 결혼할 수 없으니까 그렇지."

　조제프는 뭐라고 대답해야 할지 몰랐다. 그애가 계속 말했다.

　"우리 오빠도 죽었어. 아직은 죽지 않았지만 곧 죽게 될 테니까 죽은 거나 마찬가지야. 우리 오빠 군인이라서 전쟁터에 나갔거든."

　"음…… 애도를 표할게."

"고마워. 이 모든 게 전쟁의…… (조제프는 그애가 한 말을 잘 알 아듣지 못했다) 때문이야. (그녀는 땅에 침을 탁 뱉었다) 우리 아빠가 그렇게 말씀하셨어. 우리 아빠는 정육점을 해. 그런데 넌 이름이 뭐니?"

"어…… 난 조제프야."

"난 아젤이야. 내 이름 예쁘지?"

"으응…… 그래."

"좋아, 그럼 나 간다. 그렇게 길에서 어슬렁거리면 안 돼."

아젤은 한 번에 벌떡 일어서서, 옷에 묻은 먼지를 탁탁 털더니 어느새 성큼성큼 걸이 멀어져갔다.

조제프가 그애에게 소리를 질렀다.

"잠깐만!"

그애는 몇 초 동안 그대로 굳어진 듯 움직이지 않더니, 이윽고 천천히 고개를 옆으로 돌리며 물었다.

"왜?"

"저기…… 저…… 음…… (조제프는 잔기침을 했다) 우리 또 볼 수 있니?"

인형처럼 통통한 여자 아이의 얼굴에 환한 미소가 번졌다.

"내일 저녁 공터에서 보자."

그러고는 이렇게 덧붙였다.

"만일 안 나오면 너 죽어."

그리고 그애는 가버렸다.

밤이 되자 조제프는 할 수 없이 할머니 댁으로 돌아갔다. 해가 지자 달이 중천에 떠올랐다. 달빛은 불그스름한 핏빛이었다. 늑대들이 울부짖기 시작했고, 자욱한 안개에선 죽음의 냄새가 풍겼다.

조제프는 가슴을 두근거리며 서둘러 바람처럼 빠르게 집 안으로 들어갔다.

그리고 수호천사와 정면으로 딱 마주쳤다.

조제프는 다소 도발적인 태도로 천사의 눈을 똑바로 쳐다보았다. 둘이서 그렇게 한동안 말없이 서로 노려보고 있었다. 침묵 속에서 조제프의 거친 숨소리만 들려올 따름이었다.

그래요. '오직 나를 위해서'라는 그런 눈길로 어딜 쳐다보세요. 당신은 나를 나무랄 수 없어요. 당신이 나를 여기로 데려왔어요. 내가 언제 부탁이라도 했나요?

"어디 갔었니?"

천사가 내게 물었다.

"바깥에요."

나는 심드렁하게 대답했다.

아무리 꼬치꼬치 캐물어봤자 소용없을걸.

천사는 시선을 떨구었다.

"조제프."

천사가 말을 시작하려나보았다. 엄청나게 흥미로운 뭐라도 되는 것처럼 마룻바닥만 뚫어지게 쳐다보면서 말이다.

"네가 무척 힘들 거라는 건 알아. 하지만 할머니에게도 이 모든 일이 그리 간단하지만은 않단다. 전쟁은 할머니에게 큰 충격을 주었지. 할머니는 할아버지와 이야기를 나누는 것처럼 행동하시지만, 사실 할아버지는 지난번 전쟁 때 돌아가셨어. 할머니의 태도는…… 말하자면 현실을 견뎌내는 방법이야. 할머니는……"

나는 천사의 말을 끊기로 작정했다.

"좋아요, 알았어요. 저 여기 있을게요. 될 수 있는 한 할머니도 돌볼게요. 하지만 그 어느 것도 보장할 순 없어요."

천사는 재빨리 나를 껴안고 낮게 속삭였다.

"고맙다, 조제프. 네가 이해할 줄 알았지. 이제 내 임무는 끝났구나."

아니, 대체 이게 무슨 말이지? 천사는 문 쪽으로 걸어갔다. 아니, 걸어가는 게 아니라 둥둥 떠가는 것 같다. 아주 천천히.

천사는 떠나려는 걸까? 그가 가지 말았으면 좋겠다.

"잠깐만, 천사님!"

천사가 멈춰 서서 내게 물었다.

"왜 그러니, 조제프?"

"잘 알면서 그래요. 날 혼자 두지 마세요."

나는 고개를 떨구었다.

"조제프, 네게는 할머니가 계시잖니. 이제 할머니가 널 돌봐주실……"

"할머닌 틀렸어요!"

내가 소리쳤다.

"오히려 내가 할머닐 돌봐줘야 해요. 그러니 날 혼자 버려두지 말아요!"

침묵이 흘렀다.

"수호천사님."

여전히 침묵.

"여기 있어요, 제발."

나는 천사가 가지 못하도록 그를 두 팔로 감싸안아 내 품에 꼭 껴안았다. 그가 한숨을 쉬었다.

나는 엉엉 울면서 우스갯소리를 하기 시작했다. 왜냐하면 이제 천사는 나와 함께 있을 거라는 사실을 알았으니까.

영원토록.

수호천사는 잠을 자지 못했다. 죄책감 때문일 것이다. 무엇에 대한 죄책감이냐고? 오, 그런 건 중요하지 않다. 일이 꼬일 때마다 죄책감을 느끼는 건 그의 아주 오래된 습관이니까. 그는 자신의 방 창가 의자에 앉아 추위를 고스란히 견디고 있었다. 달과 별들은 핏빛으로 물들어 있었다. 오늘 밤 폭격이 있을 예정인 듯했다.

콰쾅!

거봐라, 내가 말한 대로다.

콰쾅! 콰쾅!

망할 놈의 전쟁.

경보 사이렌이 울리기 시작했다. 밤이라는 비단이 그 끔찍한 소리에 찢겨나가면서 쉿소리를 냈다.

주위가 온통 야단법석이었지만, 천사는 복도를 살금살금 걸어오는 소리, 그리고 나무 문을 가볍게 똑똑 노크하는 소리를 들을 수 있었다.

들어오라는 말도 하지 않았는데 조제프는 안으로 들어갔다.

"천사님……"

"왜 그러니, 조제프?"

"천사님, 나…… 나 잠이 안 와요. 무서워요."

천사는 눈살을 찌푸렸다. 그는 잔뜩 부풀린 가슴을 창문으로 내밀어 폭격 소리보다 더 큰 무시무시한 목소리로 고함을 질렀다.

"오! 제발 그만 하지 못하겠나, 응? 아이가 잠을 못 잔단 말이다, 빌어먹을!"

마지막으로 피융 하고 젖은 폭죽이 터지는 것 같은 작은 소리가 나더니, 어둠 속에서 어떤 목소리가 들려왔다.

"어, 죄송합니다, 선생님. 방해드릴 생각은 없었어요. 그만 할게요. 좋아요, 그만 하지요."

그러고 나자 주위는 완전한 정적에 휩싸였다.

조제프는 휘둥그레진 눈으로 천사를 쳐다보았다.

"천사님……"

"왜?"

"천사님이 방금 '빌어먹을!' 이라고 말했어요."

천사는 얼굴이 새빨개졌다.

"자비로운 예수님, 사실이에요. 용서하세요."

그는 천장을 바라보며 말했다.

그리고 다시 조제프에게로 시선을 돌렸다.

어린 소년이 웃음을 터뜨리자, 천사도 따라서 웃음을 터뜨렸고, 둘은 함께 눈물이 나도록 웃어댔다.

지루하게도 시간이 안 가더니, 이윽고 저녁이 되었다. 지독한 게으름뱅이 같은 해가 지자마자 나는 욕실에 들어가 머리 위로 물을 틀어놓고, 영화에서 배우들이 하던 것처럼 머리를 매끄럽게 착 붙여보려고 애썼다. 하지만 잘 되지 않았다. 내 머리칼이 영 말을 듣지 않았던 것이다.

거울을 들여다보니 내 모습이 정말 멍청해 보였다.

짜증이 난 나는 형편없는 머리카락에 본때를 보여주려고 수건을 움켜쥐고 일부러 머리카락을 마구 헝클어뜨렸다. 삼류 영화의 삼류 배우들, 모두 썩 물러가 자기 일이나 하라지.

나는 꽃을 가져가고 싶었다. 사람들 말에 따르면 여자애들은 꽃을 좋아한다고 한다. 하지만 아젤은 워낙 특이한 아이라 내게 꽃을 먹이려 들지도 모른다는 생각이 들었다. 게다가 할머니 집에는 죽은 꽃밖에 없었다.

공터를 찾기는 그리 어렵지 않았다. 마을이라고 해봐야 손바닥만큼 작았고 공터는 딱 하나뿐이었으니까.

공터에 도착해보니 아젤은 아직 오지 않았다. 그래도 하늘엔 달이 떠 있었고, 어제 저녁과는 달리 별로 끔찍스러워 보이지도 않았다. 달은 재즈 가수처럼 은빛 드레스를 입고 화장까지 하고 있었다. 나를 보더니 달이 한쪽 눈을 크게 찡긋하며 윙크를 보냈다.

그때 나는 아젤을 기다리는 중이었기 때문에 달이 좀 지나치게 군다고 생각했다.

"쳇!……"

나는 몸을 돌리다가 그애를 보았다. 그애는 청록색 원피스 차림에 머리에 리본을 달고 있었다.

"빨리도 오시네."

내가 투덜거렸다.

"입 다물어."

그애가 대꾸했다. 그러더니 제자리에서 빙그르르 한 바퀴를 돌고 난 뒤 묻는 거였다.

"나 어때?"

"난 네가 너무 늦었다고 생각해."

사실 나는 그애가 참 예쁘다는 말을 하고 싶었는데, 나도 모르게 그런 엉뚱한 말이 나와버렸다.

"멍청이,"

그애가 씩씩거리며 말했다. 그러고는 나를 떼밀었다. 난 땅바닥에 주저앉고 말았다.

"바보."

난 일어났다 다시 앉으면서 대꾸해주었다.

"천치. 세 배나 더 바보. 똥개. 쥐 대가리, 떡판, 멍청한 낯짝, 얼간이."

"그렇게 욕이나 하려고 날 이리로 부른 거야?"

"네가 먼저 시작했잖아."

그애는 내 옆에 와서 앉았다.

무성하게 자란 풀숲에서 버려진 낡은 축음기가 지직거리는 소리로 달콤한 곡을 노래하기 시작했다. 그러자 달님이 이어받아 재즈를 한 곡 불렀고, 별님들은 코러스를 넣었다. 멀리, 아주 멀리서 해님이 연주하는 콘트라베이스 소리마저 들려오는 듯했다.

아젤은 곱슬곱슬한 제 머리를 내 어깨에 어설프게 기대었다. 내 몸이 부르르 떨렸다. 기분이 참 좋았다.

문이 쾅하고 닫혔다.

천사는 안락의자에 앉아 나를 기다리고 있었다.

"어디 갔었니?"

천사가 애써 화를 참는 듯한 목소리로 물었다.

"당신과는 상관없는 일이에요."

조제프는 자신의 말이 불손하다는 걸 알았지만 개의치 않았다. 요즘 들어 이런 질문이 부쩍 잦아졌다. 하지만 조제프는 한 번도 제대로 대답한 적이 없었다. 아젤은 조제프하고만, 오직 조제프하고만 상관이 있으니까.

“나와 상관이 없다고?”

천사는 서두르지 않고, 뒤늦게 터지는 폭탄처럼 침착하게 반복해서 말했다.

“나와는 상관이 없다고?”

이번에는 일어나서 고함을 질렀다.

“저녁때만 되면 한마디 말도 없이 나가 쏘다닌 지가 벌써 한 달째야. 모두 걱정하고 있는데, 넌 터무니없이 늦게 돌아와. 그런데도 나와 상관이 없다고?”

조제프는 숨을 깊이 들이마셨다.

“네, 그래요.”

천사는 화가 치밀어 몸을 부들부들 떨었다.

“네가 뭘 하는지, 어딜 가는지 내가 모른다고 생각하겠지? 너, 길거리의 그 어린 계집애를 이젠 만나지 마라, 알아들었니?”

“아젤은 길거리 계집애가 아니에요. 그리고 난 내가 원하면 만날 거예요. 당신이 뭘 알아요? 당신은 지금 질투하고 있는 거예요.”

조제프는 그렇게 말하고 나서, 아직도 부들부들 떨고 있는 천사를 남겨둔 채 밖으로 나가 자기 방으로 들어가버렸다.

천사는 호흡을 가다듬기 위해 애를 썼다. 그리고 잠시 서 있다가 얼굴이 파랗게 질리더니 털썩 의자에 주저앉아버렸다.

맙소사, 어째서 천사인 제가 한낱 인간을 위해 이토록 고통과 괴로움을 견뎌야 하는 겁니까?

차가운 눈물이 천사의 볼을 타고 줄줄 흘러내렸다.

눈물이라고? 죽지 않는 존재가 어떻게 눈물을 흘릴 수 있지?

천사가 이 의문의 의미를 깨달았을 때, 그는 잠깐 숨을 멈추고 두 눈이 휘둥그레졌다.

혹시……?

잠에서 깨어나자 나는 얼굴을 찡그렸다. 배가 무척 고팠는데, 부엌으로 가자면 거실을 지나가야 했기 때문이다. 장담하건대, 그 멍청한 자가 밤새도록 거실에 앉아 있었을 게 불을 보듯 뻔했다. 물론 그는 거기 있었다. 그리고 물론 그는 나를 불렀다. 내 생각이 틀리지 않았다.

"조제프!"

나는 멈춰 서서 대답했다.

"왜요?"

"나 떠난다."

그 말은 내 목덜미에 들이부은 찬 얼음물 한 양동이 같았다. 난 모든 걸 예상했다. 지루한 훈계, 꾸짖음, 최상의 경우 화해를 위한 사과까지도 말이다. 그런데 떠난다니, 너무 황당하고 갑작스러웠다.

나는 천천히 몸을 돌리고 그에게 물었다.

"왜죠?"

"네가 어제 말한 것 때문이야."

나는 그의 말을 막고 싶었지만, 그는 거침없이 말을 계속했다.

"네 말을 인정해. 다 사실이야. 나는 질투심을 느꼈어. 그러면 안 되는데 말이야. 천사는 물질적인 존재가 아니야. 그래서 육체적 고통도 느끼지 않지. 천사는 감정 같은 비물질적인 것 때문에만 고통을 느껴. 특히 감정을 느끼기…… 시작하면 말이지. 난 괴로워, 조제프. 난 떠나야 해. 그러지 않으면 증발하게 될 거야. 그러지 않으면 죽게…… 될 거야."

그는 숨을 돌리고 나서 내게 말했다.

"안녕, 조제프. 너 자신과 할머니를 잘 보살펴야 해. 난……"

천사는 나를 쳐다보면서 아주 희미하게 미소를 지어 보였다.

"난 너를 알게 돼서 무척 행복했단다."

이건 또 무슨 말이지? 나는 이런 말이 아주 싫었다. 나는 와락 달려들어 그를 껴안았다. 얼렁뚱땅 얼버무려서 떠나지 못하게 하려고. 그 수법이 두번째인 지금도 잘 통해서, 그가 나와 함께 있을 거라 믿었다. 그런데 품안의 저항이 점점 더 줄어드는 것이었다. 처음엔 마치 베개를 끌어안고 있는 느낌이 들더니, 곧 거품 같다가, 이내 구름처럼 느껴졌다. 그리고 마침내 허공만 남았다. 천사가 있던 자리의 바닥에 아주 작은 깃털 하나가 떨어져 있을 뿐이었다. 나는 그걸 집어서 입 속에 넣었다. 깃털은 구름 송이처럼 입 속에서 금방 녹았다.

맛이 쌉쌀했다.

조제프가 저녁 식탁을 차리는 동안, 할머니

는 음식을 만들었다. 사실 조제프는 전혀 그럴 마음이 들지 않았다. 너무 울어서 머리가 지끈지끈 쑤셨다. 속은 텅 빈 것처럼 허전했다.

"저녁 메뉴는 국수란다. 알라 카르보나라*!"

조제프는 깜짝 놀랐다.

할머니는 조제프를 향해 돌아서서 눈을 반짝이며 바라보았다. 보통 조제프와 함께 있으면 별로 말을 안 했는데 말이다. 그런데…… 갑자기…… 할머니가 쾌활해진 것이다.

"너 아주 침울해 보이는구나, 애야. 기뻐해라, 전쟁이 끝났단다!"

조제프에게선 전혀 반응이 없었다.

"징말이야. 못 믿겠으면 네가 직접 들어보렴."

할머니는 고집을 부렸다. 할머니는 냉장고 위에 놓인 낡은 라디오의 전원을 켰다. 라디오는 지지직 카칵거리다가 마침내 소리를 들려주었다.

"크츠츠츠…… 적군의 패배…… 크르르르…… 아군 역시 패배…… 따라서 시합은 무승부이므로, 전쟁은 끝났…… 브브브르르르…… 우리 대통령께서…… 크즈즈즈…… 이렇게 선포하셨습니다. '어쨌든 상관없다. 결승전 출전 자격을 땄으니까!'"

"어때, 굉장하지?"

할머니는 준비해놓은 소스를 힘차게 저으며 명랑하게 말했다.

"한데, 조제프, 저녁식사에 누굴 초대했니? 접시가 하나 더 놓였

---

* '선택하세요' 라는 의미의 이탈리아어.

구나."

조제프는 식탁을 바라보았다. 할머니의 접시, 자신의 접시, 그리고 하나는…… 조반니 할아버지의 접시. 계산은 그랬다.

"조반니 할아버지의 접시예요."

그는 그렇게만 말했다.

"조반니? 한데 조반니가 누구냐?"

조제프는 불현듯 깨달았다. 전쟁은 끝났고, 조반니 할아버지는 다른 사람들과 함께 유령으로 돌아갔고, 할머니는 다시 제정신을 찾았다는 것을. 모든 일이 더없이 잘 마무리된 것이다.

조제프는 격렬하게 흐느껴 울기 시작했다.

"왜 그러냐, 조제프?"

그는 대답하지 않았다. 격렬하게 딸꾹질을 하느라 가슴이 아팠다.

할머니는 손자에게 다가와 어깨에 손을 얹었다. 할머니는 조제프가 실컷 울도록 내버려두었다가, 마침내 울음을 그치자 부드럽고 메마른 입술로 손자의 이마에 가볍게 뽀뽀했다.

"울지 마라. 다 끝났단다. 그 어떤 일도 진짜로 일어났던 게 아니야. 삶이 다시 정상으로 돌아왔으니, 다른 생각일랑 하지 말자. 진정하렴, 내 아가…… 다 끝났단다…… 다 끝났어……"

오늘은 날씨가 화창하다. 전쟁이 끝난 지도 벌써 몇 년이 흘렀다. 죽음의 냄새도 훨씬 덜 풍긴다. 그리고 나는 살아 있다. 햇살을 받은 아젤은 참으로 아름답다. 피부도 정말 곱다. 그녀와 사랑에 빠진 지도 벌써 몇 년이 되었다. 나는 차가운 강물에 맨발로 들어가서 갑자기 몸을 굽혀 손으로 물을 떠 아젤을 향해 뿌렸다. 아젤은 소리를 지르면서 내게 말한다.

"못됐어. 너도 당해봐."

아젤은 내게 키스를 한다. 그녀의 키스를 받을 때마다 나는 살아 있다는 생각이 든다.

그녀의 입술이 내 입술을 지그시 누르면서 아주 천천히 속삭인다.

"복수는…… 음식을……"

뭔가 수상하다.

"……차게 먹는 기야!"

그녀는 나를 물 속으로 떠밀면서 이렇게 말을 맺었다.

흠뻑 젖어 얼떨떨해 있는 내 꼬락서니를 보면서 그녀는 허리가 끊어져라 웃어댔다.

체면을 회복하기 위해 나는 짐짓 심각한 척하기로 했다. 그래서 상을 찡그린 채 샐쭉한 표정으로 불끈 쥔 두 주먹을 허리에 올려놓았다.

아젤이 웃음을 딱 그쳤다. 겁에 질린 표정이다.

내가 정말로 그렇게 무서워 보이나 하고 의아해하다가, 나는 문득 그녀의 시선이 내 등뒤의 한 점을 뚫어지게 바라보고 있다는 사실을 깨달았다. 몸을 뒤로 돌리자 나뭇잎들이 움직이는 것이 보였다. 덤불 숲에서 철모를 쓴 머리통 하나가 불쑥 올라오는 게 아닌가? 아젤이 날 카로운 비명을 질렀다. 군인이었다. 그건 군인이었다. 그 군인은 무표정한 얼굴로 나를 쳐다보았다. 마치 좀비* 같다고나 할까? 그의 두 눈에 담긴 시선, 그것은 내가 가장 무서운 악몽을 꿀 때마다 보는 바로 그 시선이었다. 나는 정신이 아득해졌다. 문득 머릿속에서 대포 소리 같은 목소리가 다시 들려왔다.

"다시 오겠다, 조제프. 이번엔 널 놓쳤지만, 다시 오게 되면 널 반드시 데려가마."

나는 돌아서서 고함을 질렀다.

"빨리 가, 아젤! 뛰어가! 가서 도와달라고 해!"

그녀는 나를 쳐다보며 머뭇거렸다. 나는 어서 가라고 크게 손짓을 했다. 그녀는 마침내 알아차리고 마을을 향해 달리기 시작했다.

나는 그와 단둘이 남았다.

그가 덤불숲에서 나와 몽유병자처럼 걸어 내게로 다가왔다. 나는 뒷걸음질로 물 속에서 나왔다. 내 눈앞에 불길에 휩싸인 우리집이 다시 나타났다. 깜부기, 어둠, 연기, 이리저리 날아다니던 나무토막들……

그는 아주 느린 걸음으로 강을 건너오고 있었다. 아무것도 그를 막지 못하리라는 것을 잘 안다는 듯한 태도였다. 내 몸은 벌벌 떨리기 시작했다. 나는 무서웠다. 무서워서 죽을 것만 같았다. 또다시 검은 연기 머리카락과 새빨간 두 눈이 보였다. 나는 나무뿌리에 걸려서 그만 뒤로 넘어졌다. 그가 나를 덮치더니, 두 손으로 내 목을 누르고 조르기

---

* 죽은 사람이 영력의 힘으로 되살아난 것. 영력이 시키는 대로 움직인다고 한다.

시작했다. 난 그 손을 치우려고 했지만, 그건 마치 기계로 만들어진 손 같아서 꿈쩍도 하지 않고 계속해서 내 목을 조여들어왔다. 나는 수호 천사를 떠올렸다. 이젠 죽는 거구나 하고 생각했다. 갑자기 눈앞이 새까매졌다.

나는 잠에서 깨어났다. 머리가 지끈거렸다. 온통 빛으로 둘러싸인 천사가 내 옆에 앉아 있는 것이 보였다. 그를 보게 돼서 정말 기뻤다. 그게 내가 죽었다는 의미라 할지라도 말이다.

"안녕, 천사님."

그는 나를 바라보며 미소를 지었다.

"안녕, 조제프."

"나 죽은 거예요?"

내가 물었다.

"아니, 아니야, 조제프. 내가 알기론 아니란다."

천사가 대답했다.

무슨 말인지 잘 이해가 안 됐다.

"그런데…… 당신이 왜 여기 있는 건가요? 그리고 그 군인은 어디 있나요?"

천사는 찰랑대는 강물을 물끄러미 바라보며 생각에 잠겨 있다가, 천천히 말했다.

"싸움이 있었단다. 그는 떠났어. 다시는 널 해치지 못할 거야."

질문 하나가 내 입을 근질근질하게 만들었다. 가슴이 심하게 두근거리기 시작했다.

"저…… 당신은 나와 함께 있었던 건가요?"

천사는 시선을 떨구더니 물끄러미 발끝을 바라보았다. 그건 나쁜 징조였다.

"모르겠다."

"모른다고요? 어떻게 그럴 수가?"

그는 풀잎을 몇 개 뽑아 장난을 치기 시작했다.

"난 결정할 수가 없어. 그건 너도 알지? 나는 지금 판결을 기다리고 있는 중이야."

"무슨 판결이요?"

나는 몸을 일으키며 물었다.

머리에 찌르는 듯한 심한 통증이 느껴졌다. 누워 있는 편이 더 나았다.

"너와 함께 있어도 좋다는 판결."

그때, 천사가 갑자기 고개를 들었다. 보이지 않는 어떤 부름이라도 들은 듯했다.

"시간이 됐어."

그는 일어서면서 말했다.

그리고 두 눈을 감더니 깊이 숨을 들이마시면서 두 날개를 쫙 펼쳤다. 그의 몸에서 더욱 강한 빛이 났다. 나는 눈이 부셨고, 무서웠다. 그러나 찌푸린 눈꺼풀 틈새로라도 훔쳐보려고 안간힘을 썼다. 나무가 쓰러지는 요란한 소리가 나면서 천사의 등에서 날개 한쪽이 떨어졌다. 이이 다른 한쪽도 미저 땅바닥으로 떨어지더니, 두 날개가 풀밭 위에서 타서 녹아버렸다. 빛이 차츰 약해져갔다. 나는 비로소 눈을 뜰 수 있었다. 수호천사에게는 이제 날개가 없었고, 빛도 나지 않았다. 시간이 조금 흐른 뒤 그는 눈을 떴다. 그는 자신의 두 손을 바라보고는 놀라는 듯했다. 거의 투명했던 손이, 이제는 지극히…… 정상이 된 것이다. 그의 시선은 자신의 손과 미소 띤 내 얼굴 사이를 왔다갔다했다.

"내가…… 내가…… 된 거니?"

그는 말을 더듬었다.

나는 그렇다는 뜻으로 고개를 끄덕였다.

갑자기 큰 비명 소리가 나더니 눈 깜짝할 사이에 천사의 얼굴이 누렇게 질렸고, 그는 뒤로 나동그라졌다. 아젤이 나뭇가지를 들고 그를 때려눕히려고 미친 듯이 날뛰고 있었다.

"아젤, 안 돼! 그러지 마!"

내가 소리를 질렀다.

나는 그녀에게 달려들어 몸을 붙잡아 끌어냈다.

"그 군인 아니야. 그 사람은 떠났어!"

나는 그녀를 말리려고 애를 쓰면서 말했다.

그녀는 미심쩍은 표정으로 내 수호천사를 살펴보더니, 이내 잘못을 깨닫고는 얼굴이 빨개졌다.

"제기랄! 미안해요."

그녀가 머리를 긁적이며 말했다.

천사는 머리를 문지르면서 일어났다.

"아가씨였어요? 그야말로 호된 공격을 당했군요."

그가 말했다.

"마을사람들에게 도움을 청하려 했는데, 그 멍청한 사람들이 내 말을 안 믿는 거예요. 그래서 할 수 없이 이 나뭇가지를 집어들고 돌아온 거예요. 사실, 당신을 때려죽이려던 게 아니라……"

아젤이 변명을 늘어놓았다.

"아, 괜찮아요."

천사는 아젤에게 다가가 손을 내밀며 말했다.

"이 일은 잊어버립시다. 이름이 뭔가요?"

"아젤이에요."

그녀는 약간 놀라서 그와 얼떨결에 악수를 나누면서 대답했다.

천사는 잘 안다는 듯이 내게 눈을 찡긋했다.

"그런데 당신 이름은 뭐죠? 이젠 더이상…… 아니죠?"

이번엔 내가 그에게 물었다.

그는 얼굴이 빨개지면서 대답했다.

"좀 우스운 이름이긴 한데…… 그래도 난 이 이름이 좋아."

"어서 말해봐요."

"바르나베.*"

웃음이 나왔지만, 나는 모른 척하기로 했다. 그렇다, 사실 이름치곤 좀 웃겼다.

행복한 이야기를 끝내기란 쉬운 일이 아니다. 끝내고 싶은 마음이 영 생기질 않으니까. 어쨌든 이 말은 들려줘야겠다. 천사, 아니 바르나베는 아버지처럼 자상하게 조제프를 돌봐주었고, 조제프와 아젤은 결혼해서 볼이 빨갛고 통통한 아이들을 우글우글하게 많이 낳았고, 또 그 나라에는 전쟁도 일어나지 않았다. 나는 여러분이 궁금해하는 의문을 풀어줄 수도 있다. 가령 어째서 조제프 혼자만 수호천사를 가질 수 있었나 같은 의문 말이다. 하지만 그냥 의문만 남기고 내 이야기를 그만 끝내겠다. 답은 여러분 스스로 찾아내게 될 테니까. 이 의문은 대수롭지 않은 단순한 것이지만 모든 동화는 이런 식으로 끝을 맺는다. 이 의문은 많은 것을 이야기해주고, 각자 원하는 대로 상상할 수 있게 해주기 때문이다.

---

* 우리나라의 '돌쇠' '개똥이' 처럼 옛날이야기에는 나오지만 실제로 프랑스에서 이름으로 사용하지는 않는 이름.

자, 내키지는 않지만 이제 정말 작별을 해야겠다.

끝

‘좋은 글’이란 대체 어떤 것일까?

동화 애호가인 프랑스의 작가 미셸 투르니에는 좋은 글이라면 다음 세 가지 조건을 충족시켜야 한다고 말한다. 첫째, 단 한 번의 독서로 재독(再讀)되는 글이어야 한다. 가령 자는 게 지겹다고 커피만 마셔대는 ‘잠자는 숲속의 공주’(「디미트리와 동화」)를 보며 긴 잠에 빠진 샤를 페로의 ‘잠자는 숲속의 공주’를 떠올린다면(어떻게 그러지 않을 수 있겠는가?), 다시 말해 푸파르를 읽으며 그 밑에 비쳐 보이는 샤를 페로를 동시에 읽는다면, 그것은 첫번째 독서로서 이미 재독인 셈이다. 둘째, 특별히 어린이를 위해 쓴 글은 아니지만 어린이가 읽고 이해할 정도로 쉬운 글이어야 한다. 어른들은 작품의 결점을 어느 정도 참으며 읽을 수 있지만 어린이들은 절대 그렇게 하지 못한다. 어린 대중에게

다가가려면 작품의 수준이 완벽에 가깝지 않으면 안 된다. 생경하게 드러난 철학, 장황한 묘사, 지나친 압축은 금물이다. 글은 어렵거나 지루하지 않고 무엇보다도 재미있어야 한다. 그래서 재미있게 읽는 동안 어느새 영혼의 숨결이 배어들 수 있는 글이어야 한다. 셋째, 위의 두 가지 조건에 부합되면서 동화라는 장르에 담아낸 글이어야 한다. 동화라는 장르는 탁월한 입문 구조에 '내가 나 자신의 주인'이 되는 이야기를 그 내용으로 담고 있기 때문이다. 동화는 어른 속의 어린이와 어린이 속의 어른 모두에게 영혼의 산소를 공급한다.

『달을 따는 이야기』에 실린 여덟 편의 이야기는 일단 이 세 가지 조건에 부합되는 좋은 글이다. 이렇게 좋은 글을 쓴 마에바 푸파르는 이 책이 출간된 2002년 가을 당시 겨우 대합입학자격시험을 준비중인 열여섯 살의 소녀였다(당시의 인터뷰에서 밝힌 대로라면 푸파르는 지금 파리 대학에서 연극과 문학을 공부하고 있으리라). 놀랍지 않은가? 더욱 놀라운 것은 푸파르의 처녀작인 이 작품이 그녀의 첫번째 작품이 아니라는 사실이다. 위니 베를링고를 닮은, 상상력 넘치는 어린 작가의 서랍 안에는 이미 열두 살 때부터 써온 소설, 시, 희곡, 동화들이 수북이 담겨 있다. 그러나 일찌감치 어린 푸파르의 예술혼을 일깨우게 된 특별한 성장 배경을 알고 나면 우리의 놀라움은 이내 부러움으로 바뀌게 된다. 인도양의 진주라는 아름다운 섬 모리스(프랑스령)에서 9대째 살고 있는 푸파르 집안에는 우선 이야기꾼인 할아버지가 계신다. 아침에 잠이 깨는 즉시 어린 세 아이들(마에바와 그녀의 오빠와 언니)에게 달려와 "애들아, 그만 일어나라"고 말씀하시는 대신 할아버지는 재미난 이야기들을 들려주셨다. 할아버지의 이야기보따리에서 수년 동안 끊임없이 흘러나온 이야기들은 유년기의 무진장한 상상력과 감수성으로 남김없이 흡수되었을 것이다.

화가이면서 단편소설을 쓰기도 하는 어머니 베로니크 르 클레지오(작가 르 클레지오와 사촌간이다)는 마에바가 채 여섯 살도 되기 전에 글자를 가르치고, 글로 자신을 표현하는 방식을 가르쳤다. 엔지니어인 아버지는 아내가 처녀 때 성(姓)을 그대로 쓰도록 용인할 정도로 자유분방한 사고를 가족들의 예술적 재능(아내는 화가, 큰딸은 크레올 전통민요 가수, 막내딸인 마에바는 작가 겸 연극배우 지망생이다)을 위한 토양으로 제공한다. 이쯤 되면 푸파르의 재능이 혹시 일회적인 반짝임이 아닐까 하는 의구심은 사라지고, 나이에 걸맞지 않게 성숙한 필치가 느껴지는 『달을 따는 이야기』역시 환경적 요인과 노력이 어우러진 자연스러운 결과임을 수긍하게 된다. 푸파르는 이 작품으로 어린 나이에 매우 자연스럽게, 대번에 문단의 주목을 받으며 등단한다.

푸파르 글쓰기의 특징적 요소는 「디미트리와 동화」에 고스란히 드러나 있다. 그것은 앞서 말한 대로 '단 한 번의 독서로 재독되는 글쓰기' 혹은 '양피지적 글쓰기(글을 쓴 흔적 위에 새로운 글을 쓰기)' 혹은 '다시 쓰기' 등 어느 이름으로 부르든 상관이 없지만, 분명한 사실은 '반복'과 '차이'로서 기능한다는 점이다. 중요한 것은 물론 '차이'이다. 기계적인 반복은 복사(複寫)나 전사(轉寫)에 지나지 않기 때문이다. 거기에는 '차이'가 비집고 들어갈 틈이 없고 공기가 통하지 않아 생명 있는 것이 살지 못하게 된다. 「디미트리와 동화」에서 눈 할아버지의 죄목이 '반복' 인 것은 바로 그런 이유이다. 할아버지는 똑같은 이야기를 똑같은 아이에게 똑같은 시간에 똑같은 자리에 앉아 똑같은 동작(턱수염을 쓸어내리는)과 똑같이 단조로운 목소리로 되풀이, 되풀이, 또 되풀이 한다. 그래서 지겨워 죽을 지경이 된 동화 속의 인물들은 고스란히 앉아서 죽음을 맞느니 파업에 돌입하기로 결정한다. 잠자는 공주는 잠을 자지 않고 커피를 마시고, 늑대는 더이상 빨간 모자 소녀를 잡아먹지 않으며, 용은 기사와 카드놀이를 하는, 그야말로 어처구니없는 일이 벌어진다. 푸파르는 이렇게 기발한 상상력, 화끈한 차이로 우리에게 놀라움과 즐거움을 선사하고 우리를 어느새 동화의 세계—현실과의 차이를 드러내는 세계—로 안내한다. 그리고 차이가 없는 반복이 되풀이되면 동화 나라의 일상이 균형을 잃고 무너지는데, 그렇게 되면 동화 나라는 존재하지 못하거나 혹은 존재하되 화석처럼 죽은 나라가 된다고 말한다. 복사만 계속되면 원본의 가치마저 떨어지니까.

매일 똑같은 이야기를 되풀이하더라도 열심히 들어줄 새로운 아이들을 찾아서 한다면, 동화 속 주인공들은 일을 하면서도 행복할 테고, 그렇게 되면 동화 나라는 잘 돌아갈 수 있을 거야. 하지만 똑같은 이야기를 잘 듣지도 않는 똑같은 아이에게 계속 되풀이한다고 생각해봐. 주인공들은 일해봐야 아무 소용이 없다는 걸 아니까 지루해서 죽을 지경이 될 테지! 그렇게 되면 동화 나라의 아슬아슬한 일상은 무너져버린다구.(p.20~21)

이렇게 똑같은 이야기가 반복되어 동화 나라가 죽음의 위기에 직

면할 때, 디미트리와 눈 할아버지가 사는 골짜기는 "눈으로 덮이고" 사는 집은 "차갑기 그지없고" 벽난로의 불길조차 "얼음 불길"이며, 그 옆에 웅크린 고양이도 "얼음 고양이"가 된다. 디미트리는 "얼음침대"에서 "얼음조각으로 속을 채운" 이불을 코밑까지 덮고 잔다. 모든 것이 차갑고 단단하며, 하얀 눈과 얼음이 있을 뿐 움직임도 없고 소리도 들리지 않는다. 그것은 죽음이다. 그러나 반복에 차이가 개입되어 그 둘이 균형을 이루면 온기와 숨결이 살아나고, 알록달록한 꽃들이 피고, 토끼와 나비들이 즐겁게 놀며, 아기의 울음소리가 자지러진다. 그것은 생명이다.

눈으로 덮여 있던 계곡은 이제 눈이 내려 쌓이는 일이 없게 되었다. 대신 계곡에는 동화에서나 볼 수 있는 파랑, 노랑, 분홍 꽃들이 무더기로 피어났다. 토끼와 나비들이 그곳에서 안심하고 즐겁게 놀았다. (P.40)

죽음(반복)에서 생명(차이)으로 전환되면서, 주인공인 디미트리는 "일어나 보니, 천장이 예전보다 훨씬 낮아졌다"고 느낀다. 그러자 천장이 낮아진 게 아니라 "네가 어른이 된 거야"라고 황금 곱슬이가 말해준다. 어른이 되었다는 것은 '자신의 주인'이 되었다는 의미이며, 세계는 그대로 있되 세계를 느끼는 / 바라보는 나 자신이 달라져 있다는 이야기가 된다.

『달을 따는 이야기』에 실린 두번째 동화 「자두와 이」의 제목 밑에는 이렇게 씌어 있다. "그림 형제와 페로의 동화에서 착상을 얻어 자유롭게 지어낸 이야기." 나머지 동화들도 마찬가지여서, 이 동화집을 푸파르가 그림 형제와 페로, 그리고 또다른 선배들의 작품을 '창조적'으로 읽은 결과인 동시에 거기서 태어난 '창조적 글쓰기'라고 부를 수 있게 한다. 푸파르는 독자들에게, 자신이 그림 형제나 페로를 읽어「자두와 이」를 쓴 것처럼, 푸파르를 읽고 독자 자신이 창조적 독서(혹은 글쓰기)를 행하게 한다.

언젠가 어느 도서실 벽에서 "덮여 있는 책은 책이 아니다"란 표어를 본 적이 있다. 맞는 말이다. 한 권의 책이 제본된 종이가 아닌 마음의 양식으로 존재하려면 그 책을 쓴 작가와 그 책을 읽는 독자가 만나야 한다. 그래서 그 책이 독자의 수만큼 각기 다른 책으로 태어나야 한다. 나는 푸파르의 글쓰기가 주문하는 바가 그런 것이라고 생각한다. 그 과정에서 우리는 존재의 변환을 이룬다.

그런데 '존재의 변환'을 이루면 이 책의 제목이 말하듯 정말로 달을 딸 수 있을까? 동화의 세계에나 가능한 일이 '지금, 여기'서도 가능해질까? 불가능한 일을 어떻게 가능하게 만들 수 있을까? 거듭 말하지만, 그것은 사고의 전환이 있어야, 세상을 바라보는 나 자신의 시선이 바뀌어야 가능하다. 세상을 살아가는 지혜를 터득하고 숨겨진 아름다움을 찾아내는 안목을 기른다면 나 자신을, 너를, 우리를, 세상을, 고단한 세상살이를 사랑으로 보듬는 일이 가능해지리라. 문득 송강 정철이『관동별곡』에서 달을, 그것도 무려 다섯 개나 띄웠다는 데 생각이 미친다. 하늘에 하나, 호수에 하나, 저 멀리 바다에 또 하나, 술잔에도 하나, 그리고 그대 눈에 하나……

그 다섯 개의 달을 나는 푸파르의 글에서 만났다. 『달을 따는 이야기』를 번역하는 동안 내 안의 어린아이가 무척 행복해했다.

번역의 텍스트로는 *Histoires à décrocher la lune*(Anne Carrière, 2002)를 사용하였다.

2004년 초겨울
송의경

그림 **우유각소녀**

본명 홍학순. 정감 있고 유머러스한 화풍과 감상자와의 친밀감을 중시하는 독특한 작품활동으로 주목받는 현대미술가. 수차례 전시회를 열었고, 여러 도시의 거리벽화 작업도 해오고 있다. 2004년 가을 벨기에 정부 지원을 받아 브뤼셀에서 비디오 아티스트와 뮤지션과 합동작업을 하기도 했다. 『hakpage-우유각소녀의 그림』을 출간했다. www.hakpage.net

옮긴이 **송의경**

서울대학교 불어불문학과를 졸업하고 이화여대에서 박사학위를 받았으며, 프랑스 엑상 프로방스 대학 박사과정을 수료했다. 『낭만적 거짓과 소설적 진실』『로마의 테라스』『은밀한 생』『떠도는 그림자들』을 우리말로 옮겼다.

문학동네 세계문학
달을 따는 이야기

초판인쇄 │ 2004년 11월 22일
초판발행 │ 2004년 11월 29일

지 은 이 │ 마에바 푸파르
옮 긴 이 │ 송의경
그 린 이 │ 우유각소녀
펴 낸 이 │ 강병선
책임편집 │ 최정수 김지연
펴 낸 곳 │ (주)문학동네
출판등록 │ 1993년 10월 22일 제406-2003-045호

주   소 │ 413-756 경기도 파주시 교하읍 문발리 파주출판도시 513-8
전자우편 │ editor@munhak.com
전화번호 │ 031) 955-8888
팩   스 │ 031) 955-8855

ISBN 89-8281-904-5 03860
www.munhak.com

꼬마 니콜라 시리즈(전5권)

르네 고시니 지음 | 장 자크 상페 그림

세상에서 가장 재미있는 친구, 말썽꾸러기 니콜라와 함께하는 시간 여행. 엉뚱하
지만 귀엽고 순수한 마음을 가진 꼬마 니콜라가 학교와 가정에서 겪는 갖가지 사
건들이 입가에 웃음을 머금게 한다. 따뜻하고 유머 넘치는 그림으로 전 세계인들
로부터 많은 사랑을 받고 있는 프랑스 삽화가 장 자크 상페의 작품.

꼬마 니콜라　신선영 옮김

꼬마 니콜라의 쉬는 시간　최정수 옮김

꼬마 니콜라의 여름방학　윤경 옮김

꼬마 니콜라와 친구들　윤경 옮김

꼬마 니콜라의 골칫거리　윤경 옮김

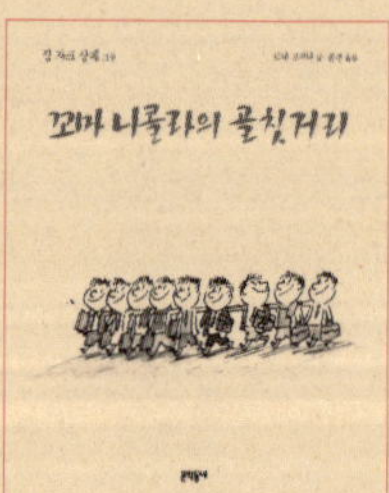